Tod in Königslutter

Richard Keen

Tod in Königslutter

Richard Keen

Thriller

LAGO

Bibliografische Information der Deutschen Nationalbibliothek:
Die Deutsche Nationalbibliothek verzeichnet diese Publikation in der Deutschen Nationalbibliografie; detaillierte bibliografische Daten sind im Internet über http://d-nb.de abrufbar.

Für Fragen und Anregungen:
info@lago-verlag.de

1. Auflage 2015

Nymphenburger Straße 86
D-80636 München
Tel.: 089 651285-0
Fax: 089 652096

Lektorat: Jan Schuld/Dr. Ulrike Bunge
Umschlaggestaltung: Alex Tsatsos
Umschlagabbildung: Youngice44 (Elemente)
Satz: EDV-Fotosatz Huber/Verlagsservice G. Pfeifer, Germering
Druck: CPI books GmbH, Leck
Printed in Germany

ISBN Print: 978-3-95761-047-8

1

Maria rennt. Sie weiß, dass es um ihr Leben geht. Ihr Keuchen übertönt die Schritte des Verfolgers. Es dämmert bereits, der Park ist menschenleer um diese Zeit. Die grünen Büsche, die allmählich zu schwarzen Silhouetten werden, scheinen das Geräusch ihrer Schritte zu dämpfen. Auf ein unhörbares Kommando hin schaltet sich die Straßenlaterne ein, die sie gerade hinter sich gelassen hat. Maria rennt. Auf dem Kiesweg taucht ein Schatten auf, der sich in dieselbe Richtung bewegt wie sie und dabei immer länger wird, ihr immer näher kommt. Maria bemerkt ihn nicht. Maria rennt.

Schnitt.

Leo schwenkt zum Sofa, auf dem Jennifer, Martha, Marten und Silke sitzen. Jennifer hat wie immer ihr Handy in der Hand. Während sie darauf herumtippt, streitet sie mit Martha. Leo hört gar nicht zu, er hat das Mikrofon in seinem Kopf ausgeschaltet, er sieht nur an ihren Gesichtern auf dem Display, dass die beiden Schwestern sich streiten. Jennifer hat ein überlegenes, etwas schiefes Lächeln aufgesetzt. Leo kennt es genau. Martha wirkt verzweifelt, weil sie der wortgewandten großen Schwester nicht beikommt, obwohl doch eigentlich sie im Recht ist. Marten wirkt eigentümlich verkrampft. Der Streit der Schwestern ist ihm unangenehm. Er muss seiner männlichen Rolle nachkommen und sorgt für Ruhe. Mit einem kurzen, unsicheren Blick nach links, wo seine Frau sitzt, überzeugt er sich, dass Silke es auch mitbekommen hat. Leo nennt sie sonst Mama, doch wenn sie neben Marten sitzt, fühlt sie sich für ihn mehr wie Silke an. Marten ist nicht sein Vater. Leo beendet den Kamera-Schwenk.

Schnitt.

»Das Messer hat die Frau zwischen dem dritten und vierten Rippenbogen getroffen«, sagt der Gerichtsmediziner, der sich gerade über die Leiche gebeugt hat. Ein Kommissar stapft mit Plastiktüten über den Schuhen durch die Szene.

»Kannst du mir schon sagen, wann?« Der Gerichtsmediziner nuschelt irgendetwas, mit dem der Polizist nicht zufrieden ist. Der Kommissar antwortet fast unhörbar, dann zieht er betont langsam einen Gummihandschuh über die Finger und dreht die tote Frau auf die Seite. Er streicht über das weiße Strickkleid, das voller Schlammspritzer ist.

»Ein teurer Stoff«, sagt er, »aber warum hat die eigentlich keinen Mantel an? Es war doch ziemlich frisch in der Nacht?« Die Kamera folgt dem Blick des Kommissars. Das Kleid der Frau ist bis über die Hüfte hochgerutscht. Sie trägt keine Strümpfe. Der Kommissar drückt mit dem gummibehandschuhten Finger auf ihrer nackten Haut herum, dann dreht er die Leiche wieder auf den Rücken, greift nach ihrem Arm und versucht, das Ellenbogengelenk zu bewegen. Doch es scheint wie eingerostet, obwohl der Kommissar sich sichtbar anstrengt.

»Sie muss schon gestern Abend kurz vor acht gestorben sein«, sagt er. »Und die Leiche wurde bewegt«.

Schnitt.

Leo drückt den Aufnahmeknopf, der Camcorder sagt »Pling«. Er tippt auf den Bildschirm, spult ein paar Sekunden zurück. »Sie muss schon gestern Abend kurz vor acht gestorben sein«, hört man den Kommissar noch einmal auf dem kleinen Bildschirm seiner Kamera sagen. Leo bewegt synchron dazu die Lippen. Dann richtet er den Camcorder wieder auf die Familie auf dem Sofa, die wie an jedem Sonntagabend gemeinsam den »Tatort« sieht.

Er hat gerade rechtzeitig den Aufnahmeknopf gedrückt, als seine Mutter laut »Psst« sagt. Psst, findet Leo, ist eigentlich ein Flüster-Wort. Er kennt außer seiner Mutter keinen Menschen, der »Psst« so laut aussprechen kann, dass alle zusammenzucken. Das hat sie wahrscheinlich in ihrer Zeit als Gymnasiallehrerin gelernt. Den Grund für das »Psst« hat Marten geliefert, wieder einmal. Leos Mutter muss überhaupt nur dann »Psst« sagen, wenn Marten mit vor dem Fernseher sitzt. Denn Marten weiß alles. Leo hat mal eine Mütze anprobiert, die ihm gehört, und seitdem kennt er auch den Grund dafür – sein Kopf ist riesig. Doch Marten weiß nicht nur alles, er lässt auch andere gern an seinen Weisheiten teilhaben – was den Umgang mit ihm manchmal schwierig macht. Jedenfalls für Silke, die beim Tatort nicht gestört werden will. Und auch diesmal hat das »Psst« nicht genügt, Marten zu bremsen. Denn seiner Meinung nach hat der Kommissar gerade Humbug erzählt.

»Das kann der überhaupt noch nicht wissen, wann sie umgebracht wurde«, sagt Marten. »Erst müsste er beim Wetterdienst anfragen, wie kalt es in der Nacht war, dann müsste er…«

»Psst«, unterbricht Silke, etwa doppelt so laut wie vorher und in einer Tonhöhe, die Leo noch gar nicht kennt. Marten flüstert irgendetwas vor sich hin

Schnitt.

»Jetzt leg doch endlich mal die blöde Kamera weg und komm zu uns«, sagt seine Mutter. Leo betrachtet sie durch das Kamera-Auge. Durch das Okular, korrigiert er sich. Wer ein Profi sein will, muss sich auch professionell ausdrücken. Das ist einer der Lieblingssprüche seines Vaters, der in einer anderen Stadt lebt. Leo stellt sich den langen, inzwischen etwas aus der Form geratenen Körper seines Vaters auf dem Sofa vor, zwischen den anderen. Nein, ein völlig unmögliches Bild. Sein Vater friedlich neben seiner Mutter? Da würde auf dem Sofa sofort ein Schwarzes Loch entstehen, das die Erde verschlänge. Leo hat das neulich in einer Wissenssendung auf einem dieser bunten Kanäle gesehen, die Jennifer immer anschaltet.

»Leo! Was habe ich gesagt?« Der Ton seiner Mutter wird energischer. Leo weiß, dass er jetzt nicht mehr viel Zeit hat. Er zoomt ihr Gesicht ganz nah heran. Das Gerät, das sein Vater gekauft hat, kann wahre Wunder vollbringen. Jetzt hat er nur noch die Nase seiner Mutter im Bild. Die ganze Welt besteht für ihn im Moment aus dieser Nase mit dem kleinen Höcker, den er geerbt hat, wie seine Oma immer wieder betont. »Na, ist deine Nase immer noch so huggelig?« fragt sie jedes Mal, wenn sie telefonieren.

Vorsichtig bewegt Leo die Kamera nach unten, vermeidet dabei jede schnelle Bewegung. Wenn er nur den Höcker auf der Nase seiner Mutter sehen kann, fällt es ihm schwer, sich ihr Gesicht vorzustellen, obwohl er es besser kennt als sein eigenes. Er ist gerade beim Mund angekommen, als seine Mutter ihn erneut ermahnen will. Er legt die Kamera auf das niedrige Bücherregal neben dem Sofa und entschuldigt sich. Er muss aufs Klo. Auf dem Bildschirm seiner Kamera sitzen Jennifer, Martha, Marten und Silke nebeneinander. Jennifer tippt auf ihrem Handy.

»Hab ich's gewusst oder hab ich's gewusst?«, fragt Marten triumphierend. Anscheinend ist der Fall im Fernsehen nun gelöst. Seine Frau zieht die Mundwinkel so stark nach unten, dass das grüne Viereck der Gesichtserkennung rund um ihren Kopf vom Bildschirm verschwindet. Jennifer tätschelt die Hand ihres Vaters. Dabei drückt sie Martha ihr Knie in die Seite. Ihre Schwester beschwert sich laut. Marten beginnt zu erläutern, warum er schon nach fünf Minuten gewusst hatte, wer der Mörder war, welche Fehler die Polizei gemacht und wo sich der Gerichtsmediziner geirrt hatte.

»Und dann dieser Test an der Nackten am See. So erhält man ganz sicher kein brauchbares Ergebnis.« Martens Hände versuchen, ein von Totenstarre gezeichnetes Knie zu bewegen.

»Nach sechs Stunden Liegezeit im Freien versucht er tatsächlich, ihr die Augenlider zu schließen.« Seine Frau zuckt zurück, als Marten versucht, ihre Lider zu berühren.

»Bei der Leiche in der Scheune war das Blut noch rot – nach fast einer Woche«. Marten scheint ehrlich erstaunt, dass der Maskenbildner zu einem so billigen Trick gegriffen hat.

»Der Zuschauer soll doch auch schnell erkennen, was da liegt«, sagt seine Frau. »Ich will jedenfalls nicht drei Minuten auf eine Leiche gucken müssen, am Sonntagabend.«

»Silke, du weißt doch am Anfang gar nicht, dass da eine tote Frau liegt«, erklärt ihr Mann in einem belehrenden Ton.

»Die Kamera schwenkt genau in dem Moment weg, wenn du die Tote bemerkst.«

»Aber in diesem Moment weiß ich auch, dass ich gerade drei Minuten auf eine tote Frau gestarrt habe!«

Leo hört in der Toilette den Abspann des Krimis. Er steht auf, öffnet die Tür, dreht sich noch einmal um, spült. Als er ins Wohnzimmer zurückkommt, fällt ihm auf, dass der kleine rote Kreis auf dem Kamera-Display noch immer blinkt. Aufnahme läuft. Schnell drückt er den roten Knopf.

Pling. Schnitt.

Das Fahrzeug nähert sich einem Abhang und stoppt. Aus der Perspektive des Fahrers ist nicht erkennbar, wie weit es hinunter in die Tiefe geht. Er gibt vorsichtig Gas. Langsam rollt das Auto auf die Klippe zu. Das linke Vorderrad bewegt sich zuerst über die Kante. Kurz dreht es sich frei in der Luft, dann schiebt die rechte Seite des Fahrzeugs nach. Ein Kratzgeräusch von Plastik auf Holz. Das Auto setzt mit dem Unterboden auf. Der Fahrer hat nicht an den Vorderradantrieb gedacht, nun bewegt sich sein Gefährt weder vor noch zurück, obwohl er hektisch alle möglichen Knöpfe drückt. Die Kamera auf dem Dach ist ein Stück nach vorn gerutscht. Leo hat sie mit Klebeband befestigt. Die Aufnahme läuft.

Was die Kamera sieht, zeigt ihm der Bildschirm seines Handys. Sein Vater hat ihm einen dieser neuen Camcorder mit Funkanbindung gekauft. Bei Technik muss es immer das Neueste vom Neuen sein. Die Reichweite der Videoverbindung genügt jedoch nicht, das Kamera-Auto allein im ganzen Haus umherfahren zu lassen. Leo hatte sich das spannend vorgestellt wie in einem Spionage-Thriller. Und dann sind da ja auch noch die vielen Stufen. Marten behauptet, die hätte ein betrunkener Architekt willkürlich im Haus verteilt. Ein System kann Leo dahinter auch nicht erkennen. Warum muss die Küche einen Schritt höher liegen als das Wohnzimmer, das über zwei Stufen mit der Terrasse verbunden ist? Wieso liegen die beiden Kinderzimmer im ersten Stock eine Stufe höher als das Eltern-Schlafzimmer, und das nun vom Stiefvater okkupierte Heiligtum des Vaters wiederum zwei Stufen tiefer?

Sein Kamera-Auto hängt auf der obersten dieser Stufen fest. Leo hebt es hoch und trägt es nach unten, wobei er kontrolliert, ob vielleicht Staub auf der Linse gelandet ist. Dann gibt er mit der Infrarot-Fernbedienung des Autos den Befehl zur Weiterfahrt. Martens Arbeitszimmer bietet interessantes Terrain. Der Boden ist mit Papieren bedeckt. Sein Stiefvater recherchiert. Er recherchiert eigentlich immer. Irgendwann hat er genug Informationen gesammelt, was er dann als große Neuigkeit beim Abendessen verkündet, und beginnt zu schreiben. Er ist zwar Schriftsteller, doch die ganze Familie weiß, dass er das Schreiben eigentlich nicht mag. Deshalb bringt er es stets so schnell wie möglich hinter sich. Drei, vier Wochen nach der Ankündigung am Familientisch gibt er sein Manuskript ab.

Davon erzählt er zwar nichts, aber es ist ihm deutlich anzumerken. Er ist wahnsinnig nervös, schrickt beim kleinsten Geräusch zusammen, und dann folgt der Kampf. Leo hat den Gegner noch nie gesehen, er weiß nicht einmal, wie er heißt, aber er kennt seinen Beruf: Lektor. Dass es wieder so weit ist, hört Leo an den lauten Selbstgesprächen, die sein Stiefvater im Arbeitszimmer führt. Er verteidigt, was er geschrieben hat. Leo findet das sympathisch. Aber er hat Mitleid mit dem Lektor. Einmal, kurz nachdem Marten bei ihnen eingezogen war, hatte seine Mutter versucht, die Rolle des Lektors zu übernehmen. Sie habe immerhin Germanistik studiert und lange als Lehrerin gearbeitet, da könne man doch die beträchtliche Summe sparen. Sie hatte danach allerdings nie wieder vorgeschlagen, sich diese Arbeit aufzubürden. Und Leo empfindet seitdem eine eigentümliche, wenn auch einseitige Freundschaft für den Mann, dessen Namen er nicht kennt, weil der sich immer wieder auf schwierige Diskussionen mit Marten einlässt.

Sein ferngesteuertes Auto rollt problemlos über die Blätter auf dem Fußboden. Sie sind mit verschiedenfarbigen Notizen und Freihandzeichnungen vollgekritzelt. Es ist kein einziger Computerausdruck darunter. Leos Stiefvater schwört darauf, alles eigenhändig zu Papier zu bringen. Nur so, meint er, könne er sich die Ergebnisse all dieser Recherchen merken. Das Verfahren funktioniert offenbar. Jedenfalls behauptet Marten immer, er müsse nie etwas nachschlagen, was er einmal aufgeschrieben hat. Leo fragt sich, ob er dazu überhaupt in der Lage wäre, denn ein Ordnungssystem kann er nicht erkennen. Wenn Marten ein Buch beendet hat, sammelt er alle Blätter wieder ein und entsorgt sie. Seine Mutter holt sie manchmal wieder aus der großen blauen Tonne und sucht all die Seiten heraus, die zumindest auf der Rückseite noch leer sind. Daraus schneidet sie Notizzettel, mit denen sie Leo daran erinnert, die Katze zu füttern oder den Unterricht vorzubereiten.

Nur Leo bekommt solche Zettel, aber das stört ihn nicht. Denn wenn er sie umdreht, findet er jeden Tag ein kleines Puzzle. Leo hat mal einen Kalender geschenkt bekommen, von dem er jeden Tag ein Blatt mit Sprüchen oder Witzen abreißen musste. Das fand er weniger interessant als die merkwürdigen Satzfetzen auf dem Rücken der Erinnerungs-Zettel. Leo zerknüllt das Papier erst einmal, dann streicht er es wieder glatt. Dabei stellt er sich vor, die geheime Notiz unter Lebensgefahr aus einem geheimen Labor entwendet zu haben. Anschließend versucht er, den ursprünglichen Inhalt zu rekonstruieren. Dabei stößt er unweigerlich auf Verschwörungen, auf versteckte Leichen oder grausame Morde. Das funktioniert immer, egal was sein Stiefvater gerade schreibt. Manchmal denkt Leo anschließend sogar noch an das, was seine Mutter auf die Vorderseite geschrieben hatte.

Die Blätter rascheln, wenn sein Kamera-Fahrzeug über sie rollt. Das Geräusch wird später auch im Video zu hören sein, das Leo aufzeichnet. Das ferngesteuerte Auto nähert sich dem Schreibtisch. Auf dem Display der Kamera mit ihrer Frosch-Perspektive wirkt die braun gestrichene, hölzerne Wand furchteinflößend. Marten ist sehr stolz auf das alte Möbelstück. Er hat es mitgebracht, als er in ihr Haus einzog, und seitdem steht es parallel zum Fenster. Leo darf den Schreibtisch in seinem Zimmer nur quer zum Fenster aufstellen. Das sei besser wegen des Lichts, darauf beharrt seine Mutter. Der Sekretär des Stiefvaters füllt fast die gesamte Zimmerfront aus. Damit sich das Fenster trotzdem noch öffnen lässt, ist nach allen Seiten genug Abstand für eine schlanke Person. Es ist wie immer sehr warm im Zimmer. Leos Mutter lüftet ab und zu, wenn sein Stiefvater nicht da ist.

Leo will sein Auto um den Schreibtisch fahren lassen, deshalb tritt er näher. Die Kante der Tischplatte ist voller Kerben. Einmal hat er beobachtet, wie sein Stiefvater mit einem Taschenmesser das Holz bearbeitete. Marten hatte sich in seinen lederbezogenen Drehstuhl zurückgelehnt, in die Ferne geblickt und dabei mit dem Messer auf die Tischplatte eingehackt. Die Holzkante trägt viele Kerben, einige sehen frisch aus. Leos Kamera-Auto ist jetzt vor dem Fenster angekommen. Dort ist es überraschend sauber. Er hatte sich eine Landschaft so staubig wie der Mond vorgestellt. Von dieser Seite sieht der Sekretär noch älter aus als von vorn. An der Vorderfront sind links und rechts zwei Türen mit metallenen Schlössern und Beschlägen angebracht, die an einen Tresor erinnern. Niemand darf diese Türen öffnen, die einzigen Schlüssel dafür trägt Marten stets bei sich. Leos

Mutter hat ihn mal am Abendbrottisch gefragt, was er denn eigentlich in seinem Schreibtisch aufbewahre, doch Marten hatte sich mit einem Scherz herausgeredet: »Abgeschnittene Arme und Beine natürlich, was denkst du denn?« Die Familie war diese Art von Witzen gewohnt.

Leo will sein Auto um die nächste Ecke lenken. Nur anhand des Kamera-Bilds auf dem Handy ist das gar nicht so einfach. Er muss sich in die Rolle des Fahrers versetzen. Hebel nach links, dann fährt das Auto auf ihn zu, Joystick nach rechts, und es rollt von ihm weg. Die Sicht ist schlecht, er muss sich konzentrieren. Jetzt in die Kurve. Die Kamera bekommt Leos nackte Füße ins Blickfeld, allerdings ist das Bild ist jetzt zu dunkel geworden, weil sich das Auto vom Fenster weg bewegt. Leo muss die Helligkeit nachregeln. Große Mühe gibt er sich nicht, er kann das Video später am Computer immer noch nachbearbeiten.

Pling. Schnitt. Er hat die Aufnahme beendet.

Was die Kamera jetzt beobachtet, kennt er nur zu gut. Im hinteren Teil des Zimmers stehen an der Wand Ikea-Regale mit Ordnern. Leo hat das Zimmer noch nie kahl gesehen. Seit er sich erinnern kann, sind die Regale fester Bestandteil dieses Raumes. Früher, als sein Vater noch hier wohnte, durfte er in der Ecke mit seinen Legos spielen. Für ihn gab es nichts Entspannenderes als das Aufeinandersetzen von Legosteinen. Der Vater hatte auf seinem Computer getippt, ohne sich mehr als nötig zu bewegen, und Leo baute das Haus aus Legosteinen nach.

Wenn er an der Tür steht, kann er sich das Bild von damals ins Gedächtnis rufen. Links in der Ecke ein Junge, vorn am Schreibtisch ein Mann, beide in ihre Tätigkeit versunken. Leo fragt sich, wie diese Art der Erinnerung an ein Bild funktioniert, das er so nie mit eigenen Augen gesehen haben kann. Er stellt sich vor, wie er sie als Diorama in eine Schneekugel einbaut und die Kugel schüttelt. Im Schneegestöber wird das Bild unsichtbar, Leo friert und ist wieder in der Gegenwart. Socken und Schuhe, denkt er, ich sollte Socken und Schuhe anziehen.

Die Türklingel. Jemand läutet Sturm. Das kann nur Jennifer sein. Vermutlich hat sie mal wieder ihren Schlüssel verlegt oder keine Lust, ihn aus der Tasche zu kramen. Es wird ja wohl jemand da sein, der ihr aufmachen kann. Aus dem Schlafzimmer hört er die Stimme seiner Mutter. Er versteht ihre Worte nicht, merkt aber, dass sie schimpft. Es läutet beharrlich weiter, bis Leo die Tür öffnet. Er sieht noch, wie Jennifer den Finger vom Klingelknopf nimmt. Seit sie in der sechsten Klasse in Natur und Technik die elektrische Energie behandelt haben, überlegt Leo, ob es eine gute Idee wäre, die Türklinke bei Bedarf unter Strom setzen zu können.

Jennifer hat ein etwa gleichaltriges Mädchen mitgebracht, und er spürt, wie sein Kopf zu glühen beginnt, als die Fremde ihn begrüßt. Sie hat nur einen »Guten Tag« gewünscht – aber wie sie das gesagt hat! Er hat seit diesem Schuljahr Französisch, und das ist das einzige Fach, für das er sich freiwillig jedes Mal zu Hause vorbereitet. Seine Lehrerin ist alt, mindestens 40, aber ihre Sprache wirkt direkt magisch auf ihn. Er hat sich noch nie verliebt, doch wenn er überlegt, wie sich das wohl anfühlt, muss er sich nur den Tonfall seiner Lehrerin in Erinnerung rufen. Sprachlos steht Leo vor seiner Stiefschwester und dem fremden Mädchen und blockiert den Eingang.

»Willst du uns nicht endlich reinlassen?« Jennifer boxt ihn leicht in den Bauch. Leo zuckt zusammen, sieht ihr ins Gesicht, dann zu der Fremden.

»Ich hab dir ja gesagt, besonders helle ist er nicht.« Jennifer lacht. Ihre Begleiterin lächelt.

»Isch bin Natalie«, sagt sie, und jetzt erinnert sich Leo wieder. Jennifer hatte ja allen schon seit Wochen in den Ohren gelegen, wie cool das sei, dass sie am Frankreich-Austausch der Schule teilnehmen dürfe. Natalie musste die Tauschpartnerin sein, die nun für zwei Wochen bei ihnen wohnen würde.

Leertaste. »Isch abe gar keinauto«. Rücktaste. Leertaste. »Ich abe gar keinauto«. Leo spult den digitalen Filmschnippsel immer wieder zurück. Jennifer hatte Nathalie beim Abendessen den Spruch aus der Kaffeewerbung aufsagen lassen. Bei ihr klingt das viel besser als bei dem Schauspieler, findet Leo. Er beschließt, den Clip zu behalten und schiebt ihn in den Ordner mit dem Datum von heute. Wie jeden

Abend sieht er sich die Ausbeute der vergangenen Stunden im Zeitraffer an. Sein Computer besitzt nicht genug Speicherplatz für ein ganzes Leben.

Leo hat deshalb ein bestimmtes System entwickelt, welche Aufnahmen er archiviert und welche im Papierkorb landen. Zunächst spult er das komplette Material einmal im 32-fachen Zeitraffer durch. Die Welt bewegt sich mit einem Mal wie unter Strom gesetzt. Besonders bizarr wirkt dabei, dass der Ton fehlt. So ähnlich fühlt sich Leo, wenn im Unterricht seine Gedanken abgeschweift sind und er wieder in die Wirklichkeit zurückkehrt. Er muss sich dann immer erst wieder mit dem Leben synchronisieren. Das versteht kaum ein Lehrer. Leo gilt als langsam, obwohl er auch in der 32-fachen Beschleunigung jedes einzelne Bild registriert.

Nach dem Schnelldurchlauf weiß er, welche Szenen er herausschneiden muss. Es sind Momente, in denen sich Menschen anders verhalten als sonst. Augenblicke, die in der Hektik des Alltags untergehen. Leo ist immer wieder überrascht darüber, was er in der Realität verpasst hat. Jennifer, die beim Abendessen schnell nach einer Wurstscheibe greift, bevor ein Konkurrent die Gelegenheit dazu hat. Martha, die sanfte Martha, die in einer winzigen, schnellen Geste einem Stück Käse mit der Gabel den Todesstoß versetzt, nachdem sie sich mit ihrer Schwester gestritten hat. Sein Stiefvater, der einen Krümel von der Hose fegt und sich dann mit einem kurzen Blick vergewissert, dass seine Frau nichts davon mitbekommen hat. Die Mutter, die sich einen Moment unbeobachtet glaubt und ihr Messer ableckt. Leo hat alle Beweise auf der Festplatte. Jede Anklage könnte er abschmettern, jede Aussage widerlegen.

Heute allerdings spielt bestimmt in der Hälfte des Filmmaterials, das er aufhebt, eine einzige Person die Hauptrolle – obwohl er Nathalie nur beim Abendessen mit der Kamera beobachten konnte. Leo kann gar nicht anders, entschuldigt er sich, weil er ja erst ihre Gewohnheiten erforschen muss. Das ist seine Pflicht als Chronist der Familie. Seine Mutter hatte ihm zum letzten Geburtstag eine Urkunde mit diesem offiziellen Titel geschenkt. Die Kamera hat Nathalie aus jeder Perspektive eingefangen. Wenn Leo jetzt auf die Leertaste drückt, friert auf dem Bildschirm ihr Lächeln ein. Er kann das Gesicht vergrößern, bis er die Poren auf der Nase sieht oder den Widerschein der Esszimmerlampe in Nathalies Pupille, in der lauter kleine Lichter tanzen. Leo vergrößert auch ihren Ausschnitt und erinnert sich, wie Marten immer wieder betont unauffällig in diese Richtung gestarrt hatte. Nathalies Bluse ist undurchsichtig. Sie wölbt sich sanft über ihren Brüsten. Sie trägt eine schmale, silberne Kette um den Hals. Leo vermutet, dass an ihrem Ende ein Schmuckstück hängt, das jedoch im Dekolleté verborgen ist.

Seine Mutter hatte sich zunächst auf Französisch mit Nathalie unterhalten, sodass Leo mit seinen Anfängerkenntnissen dem Gespräch nicht folgen konnte. Irgendwann waren sie auf Deutsch umgeschwenkt, denn:

»Isch bin doch ier, um Deutsch zu lernen.«

»Siehst du, Leo, Nathalie will lernen. Und siehst du, wie fließend sie schon spricht?« Seine Mutter nutzte die Gelegenheit für einen ihrer Motivations-Appelle. Sie war von ihrer Meinung nicht abzubringen, er wolle gar nicht lernen.

»Ja, Mama.«

Leo stellt seinen Computer auf lautlos. Er überlegt, welche anderen Worte er seiner Mutter zu diesen Lippenbewegungen unterschieben könnte. Doch ihm fällt nichts ein. Marten legt seiner Frau die Hand auf die Schulter. Er verdreht ganz kurz die Augen, hat sich aber sofort wieder unter Kontrolle und redet sanft auf Leos Mutter ein. Leo weiß schon, was jetzt kommt, deshalb kann er diesen Abschnitt des Films gleich löschen: Seine Mutter wird sich nur noch mehr aufregen, bis alle betreten in die Runde schauen. Alle bis auf Jennifer, die sich ein triumphierendes Lächeln nicht verkneifen kann. Es reicht.

Leo geht auf die Toilette. Er schaltet das Licht im Flur nicht an und benutzt lieber das Handy als Taschenlampe. Unter der Tür von Jennifers Zimmer quellen Licht und das Lachen der Mädchen hervor. Leo meint, selbst aus dem Gelächter französischen Tonfall herauszuhören. Hinter der Tür zu Marthas Zimmer ist es ruhig. Das Bad grenzt an das Eltern-Schlafzimmer. Er hört die Stimme seiner Mutter; sie klingt schroff, obwohl sie zu flüstern versucht. Er kennt diesen Ton. Marten muss sich wohl gerade eine vernichtende Kritik anhören.

Leo schließt die Badtür hinter sich, zieht die Schlafanzughose herunter und setzt sich aufs Klo. Er pinkelt. Dabei bemüht er sich, den Strahl auf das Porzellan zu richten, damit kein lautes Geräusch entsteht. Nachts, wenn das ganze Haus von Dunkelheit erfüllt ist, scheint ihm jeder Ton doppelt so laut. Er hört dann sogar das Knarren der Treppe im Nachbarhaus. Leo zieht die Hose wieder hoch und drückt vorsichtig auf den Spülknopf. Trotzdem rauscht das Wasser so laut wie der Wasserfall, den sie in den vergangenen Ferien in den Alpen besucht haben. Leo verlässt das Bad und schließt so leise wie möglich die Tür. Aus dem Zimmer nebenan hört er ein unterdrücktes Stöhnen. Er stellt sich einen weißen Elefanten vor, damit es kein anderes Bild in seinen Kopf schafft. Schnell schleicht er in sein Zimmer zurück.

Die zweite Speicherkarte wandert in den Rechner. Leo muss noch das Material vom Nachmittag auswerten. Darunter ist nichts von Nathalie, deshalb überlegt er kurz, ob er das nicht auf morgen verschieben kann. Seine Füße sind kalt. Die Heizung hat sich schon abgeschaltet, es muss nach 23 Uhr sein. Er bückt sich und späht unters Bett. Dort müssten noch ein paar Socken liegen. Er schüttelt den Staub ab und zieht sie an, dann setzt er sich wieder an den Schreibtisch.

Leo freut sich über seine Idee, den Wagen auf den Abgrund zuzusteuern. Auf dem Bildschirm wirkt die Szene spektakulär, obwohl der Abgrund eigentlich nur eine kleine

Stufe ist. Er spult mehrmals hin und zurück und grübelt dabei, an welcher Stelle er den Schnitt ansetzen soll. Soll er dem Zuschauer die Auflösung vorenthalten? Aber das wäre unfair. In Büchern fällt ihm das immer wieder auf: Gerade dann, wenn es richtig spannend wird, springt der Autor zum nächsten Schauplatz. Leo macht diese billigen Tricks aus Prinzip nicht mit. Er überspringt das eingeschobene Kapitel lieber, auch auf die Gefahr hin, dass er später zurückblättern muss.

Jetzt fährt das Auto durch die Papierwüste. Ab und zu zoomt Leo auf die beschriebenen Blätter, hofft, ein paar Rätsel zu finden. Doch die Kamera hat nicht auf die hingeworfenen Worte seines Stiefvaters scharf gestellt, sondern auf das Ziel der Fahrt, den Schreibtisch, der dunkel und drohend aufragt. Leo löscht die Etappe, bis das Fahrzeug kurz vor dem riesigen Hindernis steht. Löschen ist so einfach, denkt Leo. Einmal die Taste rechts oben drücken, und er sieht die Szene nie wieder. Sein Computer gibt dabei ein Geräusch von sich, als würde er ein Stück Papier zusammenknüllen, was ihm ziemlich unlogisch vorkommt. Wenn er eine Musikdatei in den Papierkorb wirft, müsste der Rechner Töne wie bei einer Orchesterprobe ausgeben. Ein gelöschtes Foto würde sich vielleicht wie ein rückwärts abgespieltes Knipsen anhören, ein Filmstreifen im Digitalmüll wie quietschende Autoreifen. Und wie würde es klingen, könnte er den Computer dazu bringen, ein Stück seines Lebens zu löschen?

Das Bild auf dem Display wird dunkler. Leo aktiviert die automatische Helligkeitskorrektur. Das Kamerafahrzeug biegt in die Schlucht zwischen Schreibtisch und Fenster ein. Etwas Staub. Weiter hinten hängt ein Objekt, das wie ein Seil aussieht. Gehört wohl zur Gardine, denkt Leo. Es wird plötzlich heller. Die Sonne muss herausgekommen sein. Die Rückseite des Schreibtischs ist nicht so dekorativ wie die Vorderseite. Leo beschleunigt das Tempo. Graubraune Schemen flitzen durch sein Gesichtsfeld. Ein Aufleuchten in Rosa. Graubraun in rasender Folge. Leo drückt die Leertaste nicht schnell genug. Was war das da eben? Mit der Maus zieht er den senkrechten Strich, der den aktuellen Zeitpunkt markiert, am Bildschirm über den Filmclip. Da ist es wieder. Zu schnell. Leo tastet sich heran. Ganz langsam. Taste drücken, loslassen, drücken. Da ist es. Die Kamera blickt auf eine Ritze in der Abdeckung des Schreibtischs. Sie ist höchstens anderthalb oder zwei Zentimeter breit. Ein Sonnenstrahl der exakt auf diese Öffnung trifft, beleuchtet etwas, das wie ein Finger aussieht. Ein menschlicher Finger mit einem grellrosa lackierten Nagel.

Der schokobraune Überzug auf dem Donut glänzt fettig. Leo beißt an der Stelle hinein, an der er einen Fingerabdruck erkennt. Seine Zähne zermahlen den lockeren Teig im Inneren des Gebäcks. Die Zunge spürt dem Geschmack nach, der anders ist als sonst. Er spürt eine Süße, die nicht an Zucker erinnert und nicht an Kakao. Da ist eine faserige Struktur im Teig. Leo überlegt, woher sie ihm bekannt vorkommt. Er betrachtet den Donut. Dort, wo er hineingebissen hat, klafft eine Öffnung, dahinter bewegt sich etwas.

Leo will den Donut wegschleudern, er verzieht das Gesicht, seine Hand zuckt schon, doch etwas zwingt ihn dazu, genauer hinzusehen. Im Inneren des Gebäcks wimmeln kleine, rosafarbene Würmer, als hätten sie dort ein Nest gebaut. Erst jetzt merkt Leo, dass sie ein Zischen in den verschiedensten Tonlagen von sich geben. Sie haben wohl den Eindringling registriert. Ein Kribbeln in seinem Mund. Leo spuckt, zweimal, dreimal, er glaubt, sich übergeben zu müssen, doch die Übelkeit verschwindet wieder. Einer der Würmer versucht, auf seine Hand zu kriechen. Umsonst stellen sich die feinen Härchen auf seiner Haut dem Tier in den Weg. Der Drang, den Arm zu bewegen, ist unglaublich stark, Leo will die Hand gegen die Wand schlagen, das Tier zerquetschen, doch stattdessen schaut er noch genauer hin.

Der Wurm besitzt eine Art Gesicht. Es ist aus rosafarbenem Lack gemalt. Zwei winzige Aufkleber in Form goldener Sonnen bilden die Augen. Was er für einen Wurm gehalten hat, ist in Wirklichkeit ein Finger. Ein winziger Finger, der ihm über die Haut kriecht und statt Schleim eine Blutspur hinterlässt, die aus dem abgeschnittenen Ende sickert. Leo wälzt sich hin und her, er kämpft mit dem Finger, dann wacht er auf. Er atmet schwer.

Nach der Schule ist Leo in der Stadt mit seiner Mutter verabredet. Sie hat einen Friseurtermin für ihn ausgemacht, vorher wollen sie noch etwas essen. Leo hasst das Kantinenessen in der Schule. Normalerweise wartet er in der Buchhandlung Kolbe. Dort ist es warm, auf gemütlichen Sitzgelegenheiten kann er in Büchern blättern, die Angestellten kennen ihn schon – Leo hat so oft hier gewartet, dass er sich zuhause fühlt. Den Weg finden seine Beine von allein. Das ist praktisch, weil sein Gehirn sich schon seit dem Aufstehen nur mit einer Frage beschäftigt: Soll er seine Mutter auf den Finger ansprechen, und wenn ja, wie? Leo traut sich nicht, das Video noch einmal anzusehen.

Und doch hofft er, dass es sich um einen Irrtum handelt. Ein Plastikfinger, bestimmt, ein Karnevals-Utensil, nichts weiter. Seine Mutter wird ihn auslachen, weil er sich wieder einmal viel zu viele Gedanken gemacht hat. Er kennt das. Manchmal entwickeln Ideen in seinem Kopf ein Eigenleben, lassen ihn Tag und Nacht nicht mehr los. Er wälzt sich dann wach im Bett und kann sich im Unterricht nicht konzentrieren. »Du mit deiner blühenden Phantasie«, wird seine Mutter sagen, »woher hast du das nur? Von deinem Papa bestimmt nicht.« Da muss er ihr Recht geben. Sein Vater, er ist Physiker, sieht die Dinge immer, wie sie sind. Der Mond ist ein Himmelskörper, der die Erde umkreist, Schatten sind Orte ohne Licht, Träume eine zufällige Aneinanderreihung im Gehirn gespeicherter Bilder. Sein Vater hat viele Ideen, besonders für lustige Scherze, die seine Mutter nicht ausstehen kann, aber Phantasie hat er keine.

Hat ihn vielleicht Marten mit diesem Virus angesteckt? Leo war fünf, als er einzog. Ein echter Schriftsteller, der ohne Phantasie nicht auskommt: Leo hatte sich damals vorgestellt, dass ab sofort nur noch Geschichten erzählt würden, was ihm nur recht gewesen wäre. Allerdings musste er zu seiner Enttäuschung schon bald feststellen, dass auch für Marten die Wirklichkeit im Vordergrund stand. »Recherche«, sagte der neue Mann im Haus immer, »ist die Mutter der Phantasie.«

Er stößt beinahe mit einem Mann zusammen, der direkt vor dem Eingang zur Buchhandlung steht und raucht. Sein Handy zeigt halb zwei. Natürlich wird seine Mutter nicht pünktlich kommen. Die Riemen der Schultasche schneiden schmerzhaft in seine Schultern, und er beschließt, sie im Auto der Mutter abzuladen, das an seinem festen Platz auf dem Parkplatz des AWO Psychiatriezentrums stehen wird, ihrer Arbeitsstelle. Er überquert das Gelände hinter dem Buchladen, kommt an einem Brunnen vorbei, der kein Wasser enthält, und sieht dahinter das Schild des Bistros »Havanna«. Hier trinkt seine Mutter gern mit Freundinnen Kaffee, aber jetzt ist das Lokal noch geschlossen. Der Eingang zum Parkplatz befindet sich hinter dem Gebäude, es ist ein Tor im Maschendrahtzaun, das tagsüber offen steht. Leos Schritte knirschen auf dem lockeren Belag. Es riecht nach Benzin.

Leo erstarrt. Am anderen Ende des Parkplatzes steht wie vermutet das Auto seiner Mutter. Am Heck lehnt eine Frau, die jemanden umarmt, einen Mann; Leo kennt ihn nicht. Die Frau kennt er. Das Paar hat ihn nicht bemerkt. Leo geht hinter einem anderen Fahrzeug in Deckung. Jetzt vermisst er seine Kamera. Er hätte die Bilder lieber auf dem Chip gespeichert als im Kopf. Der Mann und die Frau unterhalten sich leise, einander zugewandt, sie in seinen Armen. Leo versucht, den Gedanken anders zu formulieren: Sie sprechen leise miteinander, der Fremde und seine… Beim letzten Wort weigert sich sein Gehirn. Vielleicht ist das auch alles nur ein Missverständnis. Vorsichtig tritt er den Rückzug an und hofft, dass ihn das Knirschen seiner Schritte nicht verrät.

Bei dem Bistro »Havanna« lehnt er sich gegen die Wand. Endlich kann er die Schultasche absetzen. Seine Schulter schmerzt immer noch. Hier kann er nicht bleiben. Irgendwann wird seine Mutter den Parkplatz verlassen und ihn finden. Was soll er ihr erklären? Er könnte jetzt zurück zum Buchladen gehen und dort auf sie warten. Dann würde er sich verhalten, als sei nichts geschehen. Ob er das allerdings schafft, weiß er nicht. Er könnte auch direkt zum roten Auto seiner Mutter marschieren, dem Mann die Hand geben und sich von ihr küssen lassen. Das wäre die männliche Variante. Leo hat sich vorgenommen, bei solchen Entscheidungen in Zukunft öfter die Erwachsenen-Version zu wählen, denn er hat keine zwei Jahre mehr bis zum achtzehnten Geburtstag.

Er nimmt die Schultasche in die linke Hand und geht zum Parkplatz-Tor. Wie zufällig schlägt die Tasche gegen das Metall. Das Geräusch muss auch weiter hinten zu hören sein. Er wirft einen schnellen Blick zum Auto seiner Mutter. Am Heck steht niemand mehr. Seine Mutter ist gerade dabei, die Fahrertür abzuschließen. Sie hasst alles, was automatisch funktioniert und hat lange nach einem Fahrzeug gesucht, das sich noch altmodisch mit einem Schlüssel bedienen lässt. Sie lächelt ihn an. Leichtes Erstaunen liegt auf ihrem Gesicht.

»Was machst du denn schon hier?« Sie sieht auf ihre Armbanduhr. »Oh, entschuldige, der letzte Termin hat doch etwas länger gedauert. Hast du Hunger? Komm, lass uns die Schultasche ins Auto stellen.«

Sie schließt den Kofferraum auf und hebt die Klappe an.

Leo hat noch nichts gesagt und bleibt auch still, als sie nebeneinander den Parkplatz verlassen.

»Und, wie war es in der Schule?« fragt seine Mutter

»Gut.«

»Habt ihr einen Test geschrieben?«

»Ja.«

»In welchem Fach?«

»Chemie.«

»Gut, dass wir das heute morgen noch geübt haben«, sagt seine Mutter. Leo kann sich nicht mehr daran erinnern.

»Hast du denn etwas gewusst?«

»Ja, glaub schon.«

Seine Mutter mustert ihn mit zusammengekniffenen Augen. »Na, ich weiß ja nicht, das gibt bestimmt wieder eine

5«, heißt das. Leo kennt diesen Blick gut. Er weicht ihm aus. Seine Mutter rückt den Riemen ihrer Umhängetasche auf der Schulter zurecht. Er merkt, wie sie mit sich kämpft. Sie will ihn nicht schon wieder nerven. Dann lächelt sie.

»Komm, wir gehen essen. Zum »Thang Long Imbiss«?«

Leo nickt.

Beim Essen erzählt seine Mutter von ihrer Arbeit. Leo hört zwar nicht, was sie sagt, aber er mag diesen nicht abreißenden Strom von Tönen. Wort für Wort passiert sein Gehirn. Er dreht und wendet die Buchstaben. Manche sind groß und freundlich, andere schmal und hart. Das i, das ihn an seine Mathelehrerin erinnert, ist dürr und nervt. Leo braucht keine eigenen Gedanken zu denken, während er seiner Mutter zuhört. So entspannt wie jetzt ist er selten.

Dann macht er den Fehler, auf seinen Teller zu sehen statt in die Ferne. Er hat Nudeln bestellt. Gerade wickelt er drei davon um seine Gabel. Eine ist widerspenstig: Wenn er die Gabel hebt, rutscht sie ab. Leo versucht, sie aufzuspießen, doch plötzlich kriecht sie zur Seite. Mit einer Geschwindigkeit, die er ihr nicht zugetraut hätte, weicht sie der Gabel aus. Auch die anderen beiden beginnen nun, sich zu bewegen, sie drehen und winden sich. Leo hält die Hand still. Er zwingt sich, aus dem Fenster zu sehen, denn er weiß: Würde er die Nudeln genauer betrachten, fielen ihm ihre Gesichter auf. Leo schiebt den Teller von sich weg.

»Hab keinen Appetit mehr«, sagt er. Dabei heftet er den Blick auf den Baum vor dem Fenster.

»Was ist denn los?«, fragt seine Mutter. Leo weiß, dass er sich verdächtig macht, wenn er sie jetzt nicht ansieht.

»Nichts.«

»Leo, nun sag schon. Sprich mit mir.«

»Es ist nichts.« Er kommt sich wie ein dummes Kleinkind vor. Was soll er der Mutter erzählen? Dass er auf einem Video im Schreibtisch ihres Mannes einen abgeschnittenen Finger gesehen hat, gesehen zu haben glaubt, und seitdem schlecht träumt? Oder soll er sie lieber fragen, wer der Typ ist, den sie da auf dem Parkplatz umarmt hat?

Nein, das geht nicht. Er muss da selbst durch. Er ist mal wieder allein. Dass er allein für sich verantwortlich ist, hat er zum ersten Mal bewusst festgestellt, als er vier Jahre alt war. Leo kann sich noch genau an diesen Moment erinnern. Die Mutter war ausgegangen, er hatte aufs Klo gemusst. Beim Spülen war ihm sein Plüschtier aus der Hand gefallen, genau in die Schüssel. Er war ganz ruhig geblieben, hatte es rausgefischt, unter dem Wasserhahn abgespült und dann trocken geföhnt. Kein Problem.

Er braucht niemanden, er kommt allein klar. Braucht man jemanden, läuft man bloß Gefahr, dass im Ernstfall niemand da ist.

»Leo!« Seine Mutter fasst ihm an die Schulter. Er weicht unmerklich aus. Sie will ihm über die Haare streichen. Er schüttelt den Kopf.

»Ich ärgere mich bloß über unseren Mathelehrer«, sagt er. »Der hat sich heute wieder über mich lustig gemacht.« Damit hat er sie, darauf springt seine Mutter an. Wann immer die Welt ungerecht zu ihm ist, eilt sie zu seiner Verteidigung. Sie hatten heute gar kein Mathe, aber wenn seine Mutter erst einmal abgelenkt ist, vergisst sie sehr schnell, was sie eigentlich wollte.

»Was hat er gesagt?«

»Ach, so schlimm war es gar nicht, ich hab das bestimmt nur missverstanden.« Jetzt muss er erst einmal abwiegeln, auch das gehört zum Spiel.

»Jedenfalls rufe ich nachher gleich im Sekretariat an!«

»Mama, es war nichts.«

»Man darf so etwas nicht tolerieren. Das ist doch nicht das erste Mal.«

»Mama, wehe, du rufst da an. Wie sieht das denn vor den anderen aus.«

»Aber…«

Die Diskussion fände nie ein Ende, deshalb muss Leo jetzt sein schlagendes Argument bringen: »Wenn du das machst, erzähle ich dir nie wieder etwas«.

Seine Mutter bezahlt. Leo beschließt, den Stiefvater ab sofort genauer zu beobachten. Der Finger ist ein Gummimodell, basta. Er hofft, dass sich auch seine Träume an diesen Entschluss halten.

2

»Aufstehen, das Frühstück ist gleich fertig!« Durch die geöffnete Tür wirft das Licht aus dem Flur einen schmalen Streifen genau auf Leos Gesicht. Er knurrt und zieht die Bettdecke darüber. Das ist die Reaktion, die seine Mutter erwartet. Sie schließt die Tür, Leo hört ihre Schritte auf der Treppe. Das klackende Geräusch verrät, dass sie schon ihre hochhackigen Schuhe angezogen hat. Sie hat es wohl eilig.

Normalerweise würde er jetzt nach seinem Handy greifen und WhatsApp und Facebook checken. Dann würde er ein Bein bis zum Rand der Matratze bewegen und seinen Körper langsam aus dem Bett schieben, sich anziehen, seine Schultasche packen und sich selbst und die schwere Tasche nach unten in die Küche schleppen. Dort fiele ihm ein, was er alles vergessen hat, er liefe hoch in sein Zimmer, begleitet von den mütterlichen Worten: »Warum packst du deine Tasche denn nicht am Abend, ich habe es dir schon so oft gesagt.«

Heute bleibt er liegen. Dass er Migräne hat, ist nicht ungewöhnlich, niemand wird deswegen misstrauisch werden. Er muss dann mindestens bis zum Nachmittag im Bett bleiben, danach sind die Kopfschmerzen wieder weg. Diesmal allerdings spürt er gar nichts, und wenn alle aus dem Haus sind, wird er aufstehen, um genauer nachsehen, was da im Schreibtisch seines Stiefvaters steckt. Der ist nämlich heute ebenfalls unterwegs, das hat er am Abend zuvor beim Essen erzählt. Die Schule wird Leo nicht vermissen, schade findet er nur, dass er heute nicht aus Versehen ins Bad platzen kann, während sich Nathalie fertig macht. Dass in der Tür innen ein Schlüssel steckt, hat sie wohl noch nicht bemerkt.

Leo hört Schritte auf der Treppe. Sie nähern sich.

»Was ist denn los, warum kommst du nicht?«

»Kopfschmerzen, Mama.« Das reicht schon. Seine Mutter holt Tabletten und ein chinesisches Öl, das er sich auf die Stirn streichen soll. Von unten ruft Marten.

»Jetzt komm, wir müssen los.«

Die Mutter wird hektisch.

»Hier, du weißt ja.« Sie reicht ihm die Blisterpackung und das Ölfläschchen.

»Gute Besserung, und wenn es dir wieder einigermaßen geht, rufst du deine Freunde an wegen der Hausaufgaben.«

»Ja, mach ich.« Leo dreht sich zur Wand und schließt die Augen. Sie streicht ihm kurz über den Kopf, dann wird es wieder dunkel im Zimmer und man hört das klappernde Geräusch ihrer Schritte auf der Treppe. Kurze Zeit später schlägt die Haustür zu. Danach ist es still im Haus. Meist kommt seine Mutter noch einmal zurück, weil sie etwas vergessen hat, deshalb dreht sich Leo auf den Rücken und schließt die Augen. Er schläft ein.

Leo öffnet die Augen. Durch die Spalten im Rollladen dringen schmale Lichtfächer ins Zimmer. Ein Blick auf das Handy. Kurz vor neun. Er hat fast zwei Stunden geschlafen.

Leo kann sich nicht erinnern, irgendetwas geträumt zu haben. Er steht auf und schlüpft in die Sachen, die noch vom Abend neben dem Bett liegen. Im Bad riecht es noch streng nach dem Deo, das Jennifer immer benutzt. Aber Leo riecht auch eine zweite, deutlich schwächere Note, die zu Nathalie gehören muss.

Das Haus knarrt. Er hat sich schon oft gefragt, woher die Geräusche kommen, wenn niemand da ist. Das Haus scheint ein Eigenleben zu besitzen. Wenn alle aus der Tür sind, fängt es an, sich mit sich selbst zu beschäftigen. Einen so unauffälligen Menschen wie Leo kann man schon mal übersehen. Er fühlt sich, als beobachte er jemanden heimlich bei seinen alltäglichen Verrichtungen. Er geht nach unten, um sich etwas zum Frühstück zu besorgen, und bemüht sich dabei, besonders leise aufzutreten. Ohne seine Bewohner wirkt das Haus unnahbar, seine Wände sind kalt. Leo möchte nicht, dass das Haus seine Anwesenheit bemerkt. Im Wohnzimmer dreht er die Heizung auf, dann nimmt er sich eine Banane und denkt nach.

Leo öffnet mit einer Hand die Tür von Martens Arbeitszimmer, in der anderen hält er die Kamera. Sie ist ausgeschaltet. Er braucht sie nur, um den Beweis zu filmen. Wenn er denn etwas findet. Auf dem Computer hat er sich vorhin noch einmal angesehen, wo der Finger aufgetaucht war. Er muss es irgendwie schaffen, das linke Fach des Schreibtischs zu öffnen. Dieses Möbelstück beeindruckt ihn immer wieder.

Es ist eindeutig der Oberboss in der Rangliste aller Möbel im Haus. Dunkel und massiv beherrscht es das Arbeitszimmer. Würde es losmarschieren, könnte es leicht alle Hausbewohner zerquetschen.

Leo achtet darauf, beim Durchqueren des Zimmers die Papiere nicht durcheinander zu bringen, um keine Spuren zu hinterlassen. Aus dem Schrank im Flur hat er sich Handschuhe geholt. Die Lederhandschuhe seiner Mutter passen ihm gut. Er hockt sich vor den Schreibtisch. Natürlich ist das Fach abgeschlossen, das hatte er sich schon gedacht. Er hat ein paar Schraubenzieher aus dem Keller mitgebracht und stochert nun damit im Schloss herum. Im Film springt so ein Schloss dann immer ganz einfach auf. Aber offenbar nur im Film.

Er überlegt. Wenn er den großen Schraubenzieher als Hebel benutzt, könnte er die Tür vielleicht aufstemmen. Aber erstens macht sie einen sehr stabilen Eindruck, zweitens würde Marten das sofort bemerken. Zwischen Wand und Schreibtisch ist nicht genug Platz für ihn. Leo zieht an einer Ecke des Möbels, zunächst leicht, dann mit aller Kraft, doch der Schreibtisch rührt sich keinen Millimeter, als sei er einbetoniert. Hinter dem Schreibtisch, vor dem Fenster, ist der Abstand größer. In diese Lücke würde er passen. Leo beschließt, über den Tisch zu klettern. Dazu muss er zuerst alles aus dem Weg räumen. Kann er sich merken, wo jede einzelne Mappe, jedes Papier seinen Platz hat? Er hofft, dass auch Martens Gedächtnis nicht so gut ist.

Der Weg ist frei. Leo kriecht auf den Knien über die Tischplatte. Zu spät merkt er, dass er die Kamera vergessen hat. Mist. Dann eben ohne. Er versucht, von oben in der dunklen Spalte etwas zu erkennen. Keine Chance, er muss weiter hinunter, um hineinsehen zu können. Wenn er sich in die Lücke zwischen Tisch und Fenster quetscht, kann er sich nicht mehr bücken, um die Rückseite des Faches zu überprüfen. Es hilft nichts, er muss mit dem Kopf voran abtauchen. Leo schiebt sich vorwärts, tastet die Rückwand des Schreibtisches ab. Nichts. Noch ein Stück. Jetzt hängt fast sein ganzer Oberkörper zwischen Schreibtisch und Fenster. Er stützt sich mit einer Hand ab, um nicht komplett hineinzurutschen. Endlich sieht er das Loch in der Rückwand, in dem seine Kamera den Finger erspäht hatte. Es ist leer. Leo ist enttäuscht und wundert sich darüber. Eigentlich sollte er doch erleichtert sein.

»Leo, was machst denn du da?«

Erschrocken will er sich hochziehen und rutscht dabei tiefer in die Lücke. Zappelnd sucht er nach Halt, Papiere flattern vom Schreibtisch.

»Leo, bist du das?« Es ist Nathalies Stimme. Sie ist näher gekommen. Leo wird rot. Wenigstens kann sie sein Gesicht nicht sehen.

»Geht es dir gut? Kann isch dir elfen?« Leo würde nur zu gern ablehnen. Er braucht aber nicht lange, um seine Optionen durchzugehen.

»Ja, das wäre nett«, sagt er und muss niesen. Er merkt, wie zwei Hände seinen linken Unterschenkel greifen und ihn nach oben ziehen. Ein paar Sekunden später kann er sich aufrichten. Leo dreht sich um. Nathalie lehnt sich halb über den Schreibtisch und lacht amüsiert. Verlegen senkt er den Blick, der an ihrem Ausschnitt hängen bleibt. Nathalies Busen hüpft im Takt ihres ausgelassenen Gelächters.

»Was … was machst du denn schon hier?« Leo weiß, dass er besser keine so dummen Fragen stellen sollte, doch ihm fällt nichts anderes ein. Nathalie streicht sich eine Haarsträhne aus dem Gesicht.

»In der Schule ist jetzt Gottesdienst«, antwortet sie, »isch glaube nicht an so was, desalb bin isch frü-er gegangen.«

Leo spürt noch immer die Hitze auf seinen Wangen.

»Jennifer kommt erst in zwei Stunden«, sagt Nathalie, »Was machen wir zwei denn so lange?«

Leo beißt sich auf die Lippen. Er muss jetzt irgendetwas Intelligentes von sich geben, um seine Scharte auszuwetzen. Doch da ist nur Watte in seinem Kopf und der Ausschnitt von Nathalies Bluse.

»Du bist süß, wenn du rot bist«, sagt sie. Danke, denkt Leo, sehr hilfreich. Er spürt, wie ihm das Blut in den Kopf schießt. Sie wird noch glauben, ich hätte Fieber.

»Weißt du was?« Nathalie beißt sich auf den Fingernagel. »Du könntest mir doch mal das Aus zeigen, wie wäre das? Also, so rischtig, von oben bis unten?« Dabei zeigt sie mit der linken Hand erst an die Decke, dann auf ihre Füße. Leo folgt mit dem Blick ihren Gesten und ärgert sich schon wieder über seine Dummheit. Ich benehme mich wie ein

Fisch im Aquarium, denkt er. Nathalies Füße stecken in roten Sandalen mit Plateausohlen aus Kork.

»Okay, klar, gerne«. Eine Aufgabe. »Ich gehe dann mal vor«, sagt er und könnte sich selbst ohrfeigen. Ehe sie Martens Arbeitszimmer verlassen, vergewissert er sich, dass der Schreibtisch aussieht wie vor seinem Besuch. Die Treppe ins Dachgeschoss ist schmal. Auf jeder zweiten Stufe schaut er hinter sich, als könnte er Nathalie auf diesem kurzen Weg verlieren. Die meisten Treppenstufen knarren, wenn man darauf tritt. Die Mutter hatte immer mal wieder mit dem Gedanken gespielt, das Dachgeschoss auszubauen, aber es war nie dazu gekommen.

Die Tür zum Dachboden ist blockiert. Ein großer Koffer steht davor. Den hätte wohl irgendjemand in den Raum dahinter bugsieren und ausräumen sollen. Leo versucht, den Griff herauszuziehen und den Koffer wegzurollen, doch die Mechanik klemmt. Er ist unerwartet schwer, wahrscheinlich sind Bücher darin. Gemeinsam schaffen sie es, den Koffer so weit zur Seite zu schieben, dass sich die Tür öffnen lässt. In dem Moment, als Leo an der Klinke zieht, beginnt sich der Koffer zu neigen, doch Nathalie kann ihn gerade noch rechtzeitig festhalten. Sie schieben das schwere Stück gemeinsam über die niedrige Schwelle, sodass es nicht mehr im Wege steht. Nathalie atmet schwer. Leo beobachtet fasziniert, wie sich ihr Busen hebt und senkt, bis er merkt, dass er vielleicht lieber woanders hinsehen sollte. Er wird erneut rot. Was Nathalie natürlich nicht entgeht. Sie lacht.

Durch das Fenster, das sich direkt gegenüber der Tür befindet, fällt warmes Nachmittagslicht, leicht gedämpft durch Schmutz und Spinnweben auf dem Fensterglas. Staubteilchen tanzen in den Sonnenstrahlen. Nathalie bleibt stehen.

»Isch liebe alte Dachböden«, sagt sie mit einem breiten Lächeln, dessen Wärme sich direkt in Leos Herz pflanzt. Sie stehen in einem großen Raum, der sich rund um das Treppenhaus erstreckt. Wo das Sonnenlicht hinreicht, ist er hell, die hinteren Winkel jedoch erscheinen stockdunkel. Der Fußboden besteht aus hölzernen Dielen. In dem unbehandelten Holz sind Astlöcher erkennbar. Es ist staubig und unordentlich. Leo erinnert sich, dass sie früher hier Verstecken gespielt haben.

Drei große, finster anmutende Schränke aus dunklem Holz lehnen sich gegen die Wände des Treppenhauses. Leo bekommt eine Gänsehaut, als er sich daran erinnert, wie er sich einmal in einem dieser Schränke versteckt hatte. Er hatte einen Wäschestapel so geschickt über sich drapiert, dass ihn niemand finden konnte. Die anderen Kinder hatten die Suche irgendwann aufgegeben und ihn allein gelassen. Eine unheimliche Stille hatte sich im Dachboden breit gemacht, jeden Winkel eingenommen. Die totale Stille war ihm wie ein Befehl erschienen, dem er nicht zuwiderhandeln durfte. Leo hatte sich nicht gerührt, bis es dunkel geworden war. Er hatte sich gefürchtet und war doch wie gebannt gewesen in seinem Versteck. Erst die Stimme seiner Mutter hatte den

Zauber gebrochen, irgendwann am Abend, es muss Essenszeit gewesen sein.

Nathalie stupst ihn an. »Komm, isch bin neugierig.« Sie geht nach links, Leo folgt ihr. Wenn er auf einen der Balken tritt, knarrt das Holz. Wenn Nathalie ihren Fuß auf den Boden setzt, hört Leo nichts. Vor ihnen steht eine Kommode mit drei Schubladen. Nathalie öffnet die oberste. Sie nimmt einen grünen Strampelanzug heraus.

»Süß, war das deiner?«

Leo nickt erst, dann schüttelt er den Kopf. Er erinnert sich nicht.

»Hebt das deine Mama denn alles auf? Das ist ja lieb«, sagt Nathalie.

Leo weiß nicht, ob es lieb ist. Seine Mutter trennt sich nur schwer von alten Dingen, selbst wenn sie keinerlei praktischen Nutzen mehr haben. Das ist der Grund, warum es im ganzen Haus Schränke gibt, die von oben bis unten gefüllt sind. Nathalie schiebt die Schublade wieder in die Kommode. Ein lautes Quietschen, ein Spalt bleibt offen. Aus dem Fach darunter zerrt sie ein schwarzes Stück Stoff, das Leo nicht gleich erkennt. Es hängt irgendwo fest. Nathalie zieht mit mehr Kraft, bis Leo schwarze Spitze ins Gesicht fliegt.

»Entschuldige«, sagt sie. »Was ist denn das? Oh, là, là, das sind ja, wie sagt man, Strapse?« Nathalie lacht wieder. »Gehören die deiner Mama?«

Leo hat keine Ahnung. Er will sich seine Mutter auch nicht in diesen dünnen Spitzendingern vorstellen.

»Soll isch die mal anprobieren?«

Leo ist drauf und dran, höflich »Ja, bitte« zu sagen. Gerade rechtzeitig fällt ihm ein, dass Nathalie ihn sicher nur neckt. Wie peinlich! Er dreht sich zur Seite, damit sie nicht sieht, dass er schon wieder rot wird.

»Mach, was du willst«, sagt er und bemüht sich, dabei möglichst cool zu klingen.

Nathalie legt die Strapse wieder in die Schublade zurück. Im nächsten Fach liegt zuoberst ein langer, grüner Mantel mit Schulterpolstern. Nathalie nimmt das Kleidungsstück heraus und schüttelt es. Leo hält sich die Hand vor den Mund, weil er eine Staubwolke erwartet. Doch nur ein muffiger Geruch macht sich breit.

»Wie alt ist der denn?«

Leo weiß es nicht. Er erinnert sich aber an diesen Mantel. Seine Mutter schimpfte immer, wenn sein Vater ihn anzog: Musst du dauernd in diesem alten Parka herumlaufen? Leo weiß noch genau, wie sich der Stoff anfühlt. Wenn sein Vater den Parka angezogen hatte, waren sie meist Motorrad gefahren. Leo hatte seine Arme um den Bauch des Vaters geschlungen und manchmal aus Langeweile an den Knöpfen genestelt, die immer straff saßen, da der Vater sich mit der Zeit einen ordentlichen Bauch zugelegt hatte. Hör auf, das kitzelt, hatte der Vater gesagt, aber er hatte es nicht so gesagt, als meinte er es ernst.

»Der hat mal meinem Vater gehört«, sagt er zu Nathalie, »aber das ist lange her.« Eigentlich, denkt Leo, gehört er ihm ja immer noch. Warum hat er ihn nicht mitgenommen, als er damals ausgezogen ist?

»Wie ist denn dein Vater so?« Nathalie kennt natürlich nur Marten.

»Ach, cool.« Leo fällt auf, wie still es auf dem Dachboden ist. Die Unordnung hier oben schluckt den Klang seiner Worte. »Na ja, er ist ein bisschen schwierig manchmal. Er kann sehr sturköpfig sein und hat immer Recht.«

Ein Funken von Bedauern liegt in Nathalies Blick.

»Aber ich komme eigentlich gut mit ihm zurecht. Man muss eben auf die richtige Weise mit ihm reden.«

»Ich könnte das nicht. Vermisst du ihn?«

»Ja.«

Leo geht an der Kommode vorbei in den dunkleren Teil des Raums. Links steht ein Schrank, den er nicht kennt, eine Art Regal, dessen Fächer mit Vorhängen abgedeckt sind.

»Der hier ist neu«, sagt er. Nathalie stellt sich neben ihn. Sie stemmt die Hände in die Seiten. Dabei berührt ihr nackter Ellenbogen Leos Unterarm. Leo würde am liebsten den Moment festhalten. Er spürt, wie ein Kribbeln über seinen Rücken läuft. So fühlte es sich an, wenn sein Vater ihn früher auf seinen Knien schweben ließ und Flieger mit ihm spielte. Jeden Sonntagmorgen war er dafür ins Eltern-Schlafzimmer gekommen.

»Dann mach mal auf«, sagt Nathalie. Das Regal hat fünf Fächer. Leo streckt sich und schiebt den obersten Vorhang zur Seite. Große Bücher, kleine Bücher, dicke und dünne, es ist keine Ordnung erkennbar. Er versucht, die Schrift auf den Buchrücken zu erkennen. Es geht um Geschichte, um Anatomie, ein paar Biografien scheinen darunter zu sein. Leo erkennt das Wort »Massenmörder«. Das Buch ist offenbar eine bebilderte Geschichte der bekanntesten Serienkiller.

»Die gehören bestimmt Marten«, sagt er. Auch das zweite Fach steckt voller Bücher, dazwischen stehen Ordner, aus denen oben einzelne Blätter herausschauen. Leo nimmt einen heraus. Auf dem grauen Umschlag steht in ungelenker Handschrift »Experimente«. Die eingehefteten Zettel scheinen ungeordnet. Vermutlich hat Marten sie einfach vom Fußboden seines Arbeitszimmers aufgesammelt, gelocht und in den Ordner gelegt. Auf einem Blatt ist der Abdruck einer Kaffeetasse erkennbar. Die letzten Seiten kleben zusammen. Leo versucht, sie voneinander zu trennen, dabei reißen sie ein. Eine dunkle Substanz wirkt als Klebstoff. Leo will Nathalie das schmutzige Papier zeigen, doch die wirft nur einen flüchtigen Blick darauf.

»Das ist eklig.«

Er stellt den Ordner wieder in das Fach. Dabei kippen zwei schwere Lexikon-Bände gegen die anderen Bücher und bringen die ganze Reihe wie Dominosteine in Schräglage. Das Regal wackelt.

»Ich glaube, das reicht«, sagt Leo.

»Nur eins noch, okay?«

Er nickt und zieht den dritten Vorhang zur Seite. Dabei muss er sich leicht bücken. In diesem Fach befinden sich keine Bücher. Leo sieht Dinge. Er erkennt nicht sofort, was er da vor sich hat. Manche sind rund, manche länglich. Im Halbdunkel scheinen sie keine bestimmte Farbe zu haben. Eins sieht wie ein kleiner Fußball aus. Leo greift danach. Es fühlt sich glatt und kalt an. Er dreht das Ding herum und erschrickt. Es ist ein Schädel. Er tritt einen Schritt zur Seite, damit auch Nathalie das Objekt erkennen kann. Leo überlegt noch, ob er sie nicht besser hätte warnen sollen, doch sie reagiert erstaunlich ruhig. Sie legt ihre Hand auf den hautlosen Kopf und bewegt sie, als würde sie dem Besitzer durch die Haare streichen.

»Gib ihn mir mal.«

Nathalie betrachtet den Schädel fachkundig von allen Seiten.

»Wie kühl er ist. Das ist kein Plastik, das ist escht.«

Der Unterkiefer klappert. Er ist mit einem metallenen Stift befestigt.

»Wie at er wohl ausgese-en?«

Leo weiß nicht, ob er wirklich darüber nachdenken will, aber er bemüht sich, möglichst unbeeindruckt zu wirken.

»Ja, also«, beginnt er und versucht, dem Schädel ein Kleid rosiger Haut anzuziehen. Es gelingt ihm nicht. Die Augenhöhlung scheint zu tief, der Ansatz der Nase zu kurz, die Wangen zu flach. So sieht kein Mensch aus, aber wenn das echte Knochen sind, dann muss…

»Schau mal, da ist noch mehr.« Nathalie hockt vor dem Regal, nimmt einen Knochen nach dem anderen heraus und reicht alle an Leo weiter. Er gewöhnt sich schnell daran, wie sich die Oberfläche anfühlt. Einige Knochen sind beschriftet. Im Halbdunkel kann er die Wörter nicht komplett entziffern. »Os …«, »M.f.«, »F.t.« – Obwohl er weiß, dass es sich wahrscheinlich um lateinische Bezeichnungen der Knochen handelt, stellt sich Leo vor, dass er die Namen der ehemaligen Besitzer liest. Das da muss der Unterarm einer Frau sein. Marina Fleischer. Eine kräftige Verkäuferin wie im Fleischerladen in der Stadt, mit einem ausladenden Busen und blonden Haaren. Wie ist ihr Knochen wohl hierher gekommen?

Nathalie reicht ihm weitere Teile. Bald kann er sie nicht mehr alle halten. Leo versucht, sich zwei besonders große Stücke unter den Arm zu klemmen, da poltert eines davon zu Boden. Ein unglaublich lautes Geräusch, das durch das ganze Haus hallt. Leo erstarrt. Nichts passiert, der Dachboden strahlt noch immer dieselbe Stille aus. Er fröstelt; ihm scheint, dass es kälter geworden ist.

»Lass es gut sein, Nathalie. Wir müssen die alle wieder ins Regal packen.«

»Es fällt bestimmt nischt auf, wenn isch so einen kleinen Knochen mitnehme, n'est-ce pas?«

Leo ist unwohl bei dem Gedanken. Aber gegen Nathalies Blick hat er keine Chance.

»Isch nehme auch nur ein ganz kleines.« Der Knochen, den sie wählt, verschwindet komplett in ihrer Faust.

Gemeinsam stapeln sie die Knochen wieder in das Fach. Der Schädel wandert zuletzt an seinen Platz, dann ziehen sie den Vorhang zu. Leo wirft einen Blick auf sein Handy. Er hat das Gefühl, dass die anderen bald nach Hause kommen müssen. Doch es ist erst eine Viertelstunde vergangen.

»Gut, jetzt den Keller«, sagt Nathalie, »isch liebe es, fremde Äuser zu erforschen.«

Diesmal lässt er Nathalie vorausgehen. Sie haben noch mindestens anderthalb Stunden, bis der Rest der Familie eintrifft. Die Kellertreppe besteht nicht aus Holzstufen. Sie ist gemauert und mit Fliesen bedeckt. Im Sommer betreten sie das Haus oft durch den Keller. Dort lagern Federballschläger und Tischtennis-Zubehör, irgendwo hängt der Bogen an der Wand, den Leo zum zehnten Geburtstag von seinem Vater bekommen hat. Damals war er noch zu schwach gewesen, die Sehne richtig zu spannen.

Am Ende der Kellertreppe schirmt eine schwere Tür das Haus vor der Kälte ab, die von unten emporsteigt. Als Nathalie sie öffnet, spürt er einen kühlen Luftzug. Leo sieht, wie sich Gänsehaut auf Nathalies Oberarmen bildet. Er ärgert sich, dass er die Kamera nicht mitgenommen hat.

»Der Lichtschalter ist gleich rechts neben der Tür.« Er hört nur ein Klicken.

»Versuch es noch einmal, manchmal spinnt das Relais.« Jetzt wird es hell. Eine Neonröhre, fast deckenhoch an der Wand gegenüber angebracht, verbreitet ein kaltes Licht. Der Keller-Vorraum ist schlauchförmig und einige Meter lang. Braune Fliesen, wie sie in den 1970-er Jahren beliebt waren, bedecken den Fußboden. Die Wände sind weiß, unter dem

Licht wirken sie fast steril. Auch Nathalies Gesicht ist bleich geworden.

»Also, rechts ist die Waschküche, da hängt Silke auch die Wäsche auf.« Es fühlt sich seltsam an, die eigene Mutter mit ihrem Vornamen zu bezeichnen.

»Langweilig.«

»Gut, daneben ist der Heizungsraum. Mach mal die Tür auf.«

Nathalie hat Mühe, die schwere Stahltür zu öffnen. Leo hilft ihr. Sie sehen den Heizofen und daneben, durch eine hüfthohe Mauer getrennt, den riesigen Öltank.

»Ich finde, er wirkt wie der Bauch einer Alien-Königin, die in unserem Keller ihre Kinder ausbrütet, findest du nicht?«

»Alien?«

»Du kennst die Alien-Filme nicht? Das sind unbesiegbare außerirdische Kreaturen, deren Blut aus Säure besteht.«

»Und die sehen aus wie dieser Tank?«

»Nein, nicht ganz. Aber schau dir mal mit mir den ersten Film an. Nachts. Danach kommen wir wieder her.« Leo stellt sich vor, wie Nathalie dann furchtsam an seinem Arm hängt.

Der nächste Raum ist eine Art Abstellkammer. Hier lagert das Werkzeug, die Ski stehen an der Wand, in der Ecke sind ein paar Blumentöpfe übereinander gestapelt. In der Mitte befindet sich ein flacher Tisch, auf dem sechs oder sieben Matten liegen. Die dazugehörigen Plastik-Liegen stehen zusammengefaltet daneben. An Haken sind an der Wand Schneeschieber, Schaufeln und Gartengeräte aufgehängt. Wenn es besonders stark regnet, quillt Wasser unter der Außentür herein. Durch diese Tür und über die dahinter liegende Treppe erreicht man auf schnellstem Weg den Garten.

»Gut, weiter.« Nathalie langweilt sich schnell. Leo trägt den Satz in seinem Kopf-Tagebuch ein. Sie rüttelt schon an der nächsten Tür.

»Keine Chance. Die bekommst du nicht auf. Das ist Martens Arbeitszimmer.«

»Aber er at doch oben ein Büro?«

»Hier unten auch. Er schließt sich manchmal hier ein, um nachzudenken.« Leo hämmert mit der Faust an die Tür. Nur ein dumpfes Echo.

»Siehst du, das ist alles gut gedämmt. Was immer im Haus los ist, dahinter wirst du nichts davon hören, das wette ich.« Seit seine Mutter mal im ganzen Haus ohne Erfolg nach Marten gerufen hat, gibt es in dem Raum eine Gegensprechanlage. Dafür hat sein Stiefvater an der Decke einen Draht durch die Wand geführt. Um das Loch zu bohren, hatte er extra einen Handwerker mit einer riesigen Bohrmaschine kommen lassen. Die Wände hier unten sind dick. Leo fragt sich, ob das Haus vielleicht auf dem Fundament einer alten Burg oder Kirche errichtet wurde. Das Gebäude selbst ist keine 100 Jahre alt, und vor 100 Jahren hat man wohl längst nicht mehr mit so dicken Wänden gebaut. Oder war das hier unten vielleicht der Rest eines Bunkers? Der Vorbesitzer hatte ihnen dazu nichts sagen können.

Nathalie bückt sich, um durch das Schlüsselloch zu spähen. Leo kann nicht anders, er muss einen Blick auf ihren Ausschnitt werfen. Doch er ist nicht schnell genug.

»Alles dunkel da drin«, sagt Nathalie.

»Marten ist ja auch nicht da.«

»Aber hat der Raum denn kein Fenster? Da müsste doch ein bisschen Licht sein?«

»Hm.« Leo legt die Hand ans Kinn und wiegt den Kopf. Seine Mutter lacht sich über die Geste immer halb tot, doch Leo gefällt sie. Ob der Raum ein Fenster hat, will ihm nicht einfallen.

»Warte, wir sehen mal von draußen nach.«

Sie verlassen das Haus über die Kellertreppe. Rund um das Gebäude führt ein gepflasterter Weg. Zwischen dem Weg und der Hauswand sind Blumenbeete angelegt. Leo hat keine Ahnung, wie all die Büsche heißen, die teilweise hüfthoch gewachsen sind. Durch den Bewuchs sind die Lichtschächte der Kellerfenster vom Weg aus nicht zu erkennen. Leo tritt ins Beet und merkt erst jetzt, dass er sich gerade die Hausschuhe eingesaut hat. Seine Mutter wird schimpfen. Egal.

»Da ist das Fenster zum Abstellraum.« Der erste Lichtschacht befindet sich kurz hinter der Kellertreppe. Leo versucht, sich am Haus entlang durch das Blumenbeet zu bewegen, ohne die Pflanzen zu beschädigen. Er findet einen zweiten Lichtschacht, dann einen dritten. Zu welchen Räumen gehören die Fenster? Hinter dem letzten kann nur die Waschküche liegen. Dieses Klappfenster lässt seine Mutter immer gekippt, selbst im Winter, damit es nicht schimmelt, wie sie sagt. Das ist von oben gut zu erkennen. Der vordere Lichtschacht müsste zum Heizungsraum gehören, aber Leo ist nicht sicher. Deshalb bittet er Nathalie, dort kurz das Licht ein- und auszuschalten. Nebenbei hofft er, dass seine schlaue Idee sie beeindruckt.

Die Bestätigung erfolgt kurz darauf. Das heißt also: Martens Arbeitsraum besitzt tatsächlich kein Fenster. Wer baut denn Räume ohne natürliches Licht in ein Haus? Und warum will Marten ausgerechnet darin arbeiten? Andererseits – Leo erinnert sich an die Zeit, als sein Stiefvater hier einzog: Es wäre gar kein anderer Raum in Frage gekommen. Seine Mutter würde garantiert nicht in einer stickigen Kammer bügeln und waschen. Was frische Luft betrifft, ist sie sehr eigen. Leo läuft am Haus entlang zur Kellertreppe zurück. Seine Hausschuhe sind schlammverschmiert. Er hätte nicht gedacht, dass der Boden noch so feucht ist.

Er hat schon fast das Treppengeländer erreicht, als sein Fuß an etwas hängen bleibt und er ausrutscht. Leo versucht noch, sich an der Hauswand festzuhalten, zerkratzt sich aber nur die Handfläche am scharfen Putz und landet auf dem Hinterteil.

»Brauchst du Ilfe?«

Nathalie kommt gerade wieder die Kellertreppe hoch. Seinen Sturz hat sie nicht gesehen. Leo kann sich gar nicht erinnern, aber ihm muss wohl ein erschrockener Laut herausgerutscht sein.

»Alles okay«, sagt er. Nathalie mustert ihn mit einem halb mitleidigen, halb belustigten Blick. Jennifer würde jetzt ihr Handy zücken, ein Foto schießen und das Bild ins Netz stellen, aber Nathalie kommt zum Glück nicht auf so eine Idee. Leo stützt sich mit einer Hand ab, um aufzustehen. Dabei fühlt er, worüber er da gestolpert sein muss: eine längliche Abdeckung – sie erinnert an ein Brett – nur mit einer dünnen Schicht Erde bedeckt, befindet sich dort, wo der Lichtschacht für Martens Arbeitszimmer sein müsste.

»Komm mal her und hilf mir.« Gemeinsam säubern sie die Abdeckung. Leo versucht es mit aller Kraft, doch anheben lässt sie sich nicht. Nathalie entdeckt, dass vier metallene Widerhaken das schwere Brett von unten festhalten. Ob sich darunter wohl ein Hohlraum befindet? Leo springt auf dem Brett herum, doch die Töne verraten ihm nichts.

»Alles okay?«

Leo ist unsicher, worauf sich Nathalies Frage bezieht, trotzdem nickt er. Er sieht an sich herunter. So kann er nicht durchs Haus laufen. Nathalie hingegen sieht aus wie frisch geputzt. Nicht einmal ihre Schuhe sind schmutzig. Die Welt ist ungerecht.

In der Waschküche zieht er zuerst die Schuhe und dann die Hose aus. Dass Nathalie zusieht, ist ihm egal. Er ist jetzt ganz cool. Leo konzentriert sich auf die Arbeit. Er muss zuerst die Schuhe abspülen und dann versuchen, den Dreck von den Hosenbeinen zu bekommen.

»Was ast du denn eigentlisch auf dem Schreibtisch im Zimmer von deinem Vater gemacht?« Leo fällt der Schuh aus der Hand, er landet genau unter dem Wasserstrahl. Bis morgen ist der nicht wieder trocken, denkt er, da werde ich ein anderes Paar anziehen müssen. Er beschließt, dass es am besten ist, Nathalies Frage einfach zu überhören.

»Nun sag doch mal, isch abe vor-in ganz vergessen, disch das zu fragen. Isch war so überrascht, disch dort zu finden.« Leo wäscht mit Hingabe die Flecken aus seiner Hose. Das Wasser rauscht so laut, dass er kaum versteht, was die Stimme hinter ihm sagt.

»Leo.« Eine Hand legt sich auf seine Schulter. Er dreht sich um. Es ist ein Reflex. Er weiß, er muss die Hose sauber bekommen, aber die Berührung wirkt wie ein Befehl, obwohl sie ganz leicht ist. »Leo, warum bist du da gewesen?« Nathalie ist hartnäckig. Leo legt eine neue Gedankennotiz an. So muss er nicht darüber nachdenken, was er ihr antwortet. Die Hand auf seiner Schulter fühlt sich angenehm an. Vielleicht bleibt sie länger liegen, wenn er gar nichts sagt. Nathalie sieht ihm ins Gesicht und zieht die Augenbrauen hoch. Ihre Hand lässt sie auf seiner Schulter liegen. Leo spürt, wie sich seine Haut erwärmt, die Stelle wird heißer und heißer. Jeden Moment muss er in einer Stichflamme aufgehen.

Leo räuspert sich. Wo soll er anfangen? Die Sache mit der Kamera, klar.

»Ich bin doch immer mit meinem Camcorder unterwegs.«

»Ja, isch dachte schon, du bist ein Freak.« Nathalie zwinkert ihm zu. »Bist du ein Freak? Sollte isch Angst vor dir aben?«

Leo weiß, dass sie keine Antwort erwartet.

»Und neulich bin ich damit in Martens Arbeitszimmer herumgefahren. Also auf ein Auto montiert. Moment, gestern war es.« Was in dieser kurzen Zeit alles passiert ist. Der Parkplatz. Leo jagt seinen Gedanken hinterher und bekommt sie gerade noch zu fassen. »Als ich mir dann das Video angesehen habe, dachte ich, da sei ein Finger.«

»Ein Finger? Eine And?«

»Nein, ein einzelner Finger, also abgeschnitten. Er war nur von der Rückseite des Schreibtischs aus zu erkennen.«

»Und das wolltest du dir eute genauer anse-en?«

»Ja, bloß war der Spalt vor dem Fenster so eng und der Schreibtisch so schwer, dass ich ihn nicht wegrücken konnte. Danke für deine Rettung.«

»Und? War er da, der Finger?«

»Was glaubst denn du? Ich hätte ihn dir schon längst vor die Nase gehalten. Da war nichts.« Leo zuckt mit den Schultern.

»Trotzdem«, sagt Nathalie, »das ist schon seltsam. Zeigst du mir den Film mal?« Er nickt. Dabei stellt er sich vor, wie Nathalie gebannt auf den Bildschirm sieht und dabei dicht neben ihn rückt.

»Leo und isch, wir aben eine Idee.« Nathalie rückt auf ihrem würfelförmigen Sitzkissen in eine gerade Position. Sie will Jennifer und Martha ihren Plan erklären. Jennifer war sofort neugierig gewesen, als ihre französische Freundin nach dem Abendessen einige Andeutungen darüber gemacht hatte. Martha hingegen hätte sich zwar lieber weiter in ihrem Zimmer YouTube-Videos angesehen, doch Nathalie war hartnäckig geblieben. Hätte ihre große Schwester sie herüberzitiert, wäre sie der Aufforderung wohl nicht gefolgt – doch nun sitzt sie wie die anderen auf Jennifers Bett, die Arme vor dem Bauch verschränkt. Dabei wiegt sich sich kaum merklich hin und her.

»Seht euch doch mal Leos Video ier an.« Nathalie reicht Jennifer ihr Tablet. »Du musst nur auf Play drücken und fünf Minuten warten.«

Martha versucht, ebenfalls einen Blick auf den Bildschirm zu erhaschen, doch Jennifer dreht das Gerät so, dass sie keine Chance hat.

»Das reicht. Drück Stop. Was siehst du da?«

Jennifer zieht die Stirn in Falten. »Ich weiß nicht.«

Dann spult sie das Video ein paar Einstellungen zurück. »Ah, so ist es besser. Das sieht aus wie ein Finger.«

Sie kneift die Augen zusammen und dreht den Bildschirm, um möglichst wenig störende Spiegelungen zu haben. »Ja, ein Finger, ziemlich deutlich.«

»Jetzt gib doch mal«, verlangt Martha, aber Jennifer ziert sich. Stattdessen schiebt sie den Videoregler mit dem Finger hin und her. Es scheint keine deutlichere Einstellung zu geben.

»Und woher habt ihr das? Wo ist das?« Sie reicht das Tablet mit einer großen Geste an ihre kleine Schwester weiter. Martha weiß nicht gleich, was sie machen soll. Nathalie zeigt ihr den Videoplayer und scrollt an die richtige Stelle.

»Igitt«, sagt Martha, »das ist ja eklig. Sieht richtig echt aus!«

»Eben.« Nathalie nimmt das Tablet wieder an sich. »Das at Leo inten im Schreibtisch eures Stiefvaters gefunden.«

»Vaters«, korrigiert Jennifer. »Marten ist unser Vater, aber Leos Stiefvater.«

»Ja, klar. Wollt ihr nischt wissen, wo-er das Ding kommt und wo es gelandet ist? Es ist nämlisch nischt mehr im Schreibtisch.«

»Logo. Ich liebe eklige Sachen.« Jennifer ist ganz cool. »Und was genau ist euer Plan? Sollen wir Wachen im Haus aufstellen, die Alarm schlagen, wenn abgeschnittene Finger an ihnen vorbeilaufen?«

»Genau, und du übernimmst die erste Wache«, sagt Leo. Seine Schwester nervt ihn manchmal ganz schön. Stiefschwester, korrigiert er sich. Sie tut, als wüsste sie alles, wie ihr Vater. Aber der weiß wenigstens wirklich alles.

»Benehmt euch.« Nathalie guckt streng in die Runde. Bestimmt ist ihre Mutter Lehrerin. Leo muss sie unbedingt mal fragen, was ihre Eltern von Beruf sind. Sie hat eine natürliche Autorität. Wenn Marten seine Schwestern auffordert, ihren Streit zu beenden, reagieren sie selten so schnell wie jetzt.

»Isch glaube nischt, dass der Finger von selbst davongelaufen ist. Euer Vater wird ihn jetzt woanders aufbewahren. Und du musst gar nischt so grinsen, Jennifer. Seit isch eute mit Leo im Keller war, abe isch auch eine Idee, wo.«

»Der Raum da unten ist aber immer abgeschlossen.«

»Klar, Jennifer, das abe isch schon berücksischtigt. Isch bin zufällig ganz gut darin, abgeschlossene Türen zu öffnen.« Leo hatte gestaunt, als Nathalie ihm von ihren Fähigkeiten berichtet hatte.

»Wir ge-en nach unten, wenn eure Eltern nischt da sind, und schauen uns das Zimmer mal an. Nur so. Leo sagt, er war da noch nie drin.«

Jennifer nickt. »Ja, Papa hält die Tür immer verschlossen. Wegen seiner Arbeit, sagt er. Es würde uns nur unnötig belasten.«

»At er mal gesagt, was da so gefährlich für eusch sein soll?«

»Seine Recherchen. Fotos und so. Er besorgt sich das Material von der Polizei, und das sei manchmal so grausig, dass er uns das lieber ersparen will.«

»Findest du das auch? Sollen wir es lieber lassen?«

Jennifer schüttelt den Kopf. »Haha, ich schau mir nachts Horrorfilme an und soll von ein paar Polizeiakten Alpträume bekommen? Nein, keine Sorge, was mich betrifft. Und Martha findet es auch okay.«

»Ja, Martha?« Nathalie sieht ihr ins Gesicht.

»Klar, Alter.« Seit zwei Sitzenbleiber in Marthas Klasse gekommen sind, benutzt sie dauernd diesen Spruch.

»Morgen Abend wäre es gut«, sagt Jennifer. »Papa und Silke gehen da immer tanzen. Brauchen wir denn irgendwas?«

»Leo bereitet seine Kamera vor, und was isch für die Tür brauche, abe isch immer dabei.«

3

Das Messer fährt langsam in die Haut. Es ist scharf, kein Widerstand ist spürbar. An den Kanten des Schnitts dringt Blut heraus.

»Schau mal, Blut.« Leo will Martha ärgern.

»Das ist kein Blut, das ist Fleischsaft.« Jennifer weiß es natürlich besser. Wahrscheinlich soll niemand ihre Schwester ärgern außer sie selbst, denkt Leo. Während Martha traurig zusieht und sich die Lippen leckt, schneidet er einen neuen Bissen von seinem Steak. Martha isst seit ein paar Monaten nur noch vegetarisch. Niemand versteht, warum. Es ist ihr deutlich anzusehen, wie gern sie statt ihrer Ofenkartoffel ein Schweinekotelett bestellt hätte. Sie hat auch nichts dagegen, sagt sie, dass Tiere für das Essen ihr Leben lassen müssen. Trotzdem bleibt sie eisern. Kein Fleisch, aber wenigstens Fisch.

»Altes Brauhaus«, so heißt die Lieblings-Gaststätte der Familie. Jeder findet hier etwas für den eigenen Geschmack. Der Wirt ist nett, und die Gaststube ist geräumig und hell. Es gibt niemanden in der Familie, der nicht gern hierher fährt.

Martha hat außer der Kartoffel noch einen Maiskolben und ein dunkles Brötchen. Leo nimmt immer ein Steak, obwohl Rindfleisch teuer ist. Doch Marten hat schon beim ersten Ausflug hierher klar gemacht, dass beim Essen nicht gespart wird. Leo überlegt, ob er damals schon sein Fleisch selbst schneiden konnte. Vermutlich. Aber ebenso sicher hat ihn seine Mutter nicht gelassen, weil er sich ja verletzen könnte.

»Nathalie, erzähl doch mal, was machen deine Eltern so?« Marten wischt sich die stopplige Haut um den Mund mit einer Serviette ab. Seine Frage kommt für alle ein bisschen überraschend. Jennifer beugt sich vor. Würde sie die Antwort schon kennen, wüsste jetzt bereits der ganze Tisch Bescheid.

»Mein Vater war Arzt«, sagt Nathalie, »und meine Mutter Ausfrau. Wir atten ein großes Aus, da war immer viel zu tun«.

»Warum sprichst du denn in…«

»Warum hatten?« Jennifer überholt ihren Vater mit ihrer Frage.

»Er ist tot. Sie ist tot. Sie sind beide tot.«

Die Familie schweigt. Leo schaut auf seine linke Hand, die die Gabel umfasst hält. Er schließt die Finger um den Griff, bis die Knöchel weiß werden.

»Ist schon gut, ist länger er.« Nathalie sieht in die Runde, als müsse sie die Anwesenden trösten.

»Wie ist es denn passiert? Oder willst du lieber nicht…« Jennifer verschluckt den letzten Teil des Satzes. Sie kann also auch mitfühlend sein, denkt Leo. Alle haben aufgehört zu essen.

»Nun schaut doch nicht so. Es ist wirklisch lange er. Isch war zehn. Es war ein Unfall.«

»Oh, mit dem Auto? Und du hast überlebt?«

»Nein, Jennifer, es ist zu-ause passiert.«

»Ein Brand?«

»Nein. Es ist ein bis-schen peinlisch. Entschuldigt. Sie aben immer gern zusammen gebadet. Und dann, ein, wie eißt das, Föhn, soll in die Wanne gefallen sein, at mir danach jedenfalls die Polizei gesagt.«

»Moment mal, ein Föhn kann doch gar nicht… der Schutzschalter… ich habe das recherchiert. Wisst ihr noch, der Silvesterkarpfen, wir mussten ihn dann…« Der neunmalkluge Marten wieder mal, denkt Leo. Seine Mutter schaut ihren Mann konsterniert an.

»Also Marten, wie kannst du nur?«

Marten scheint überrascht, seine Mundwinkel zucken, er will wohl noch protestieren, doch dann stellt er sich auf die Situation ein.

»Schatz, natürlich, ich bin unmöglich. Entschuldige, Nathalie, es tut mir leid.«

Nathalie nickt nur. »Wollen wir nicht weiter essen? Isch wollte wirklisch nischt die Stimmung ruinieren.«

Leo widmet sich wieder seinem Steak. Es ist wohl mit der Stimmung abgekühlt. Aber ein gutes Stück Fleisch muss gar nicht heiß sein, denkt er, und genießt die Textur zwischen seinen Zähnen.

Martha beendet den Kampf mit ihrem Maiskolben, steht auf und geht betont langsam zu dem kleinen Spielplatz. Sie ist natürlich viel zu alt dafür, doch Silke will, dass sie sich bewegt. Leo hat noch seine Ruhe, solange sich ein Fitzel Fleisch auf seinem Teller befindet, denn er soll auch gut und genug essen. Seine Mutter hat Prinzipien.

»Ich mag nicht mehr.« Jennifer schiebt ihren Teller in die Mitte des Biertischs. Ihre Stiefmutter hebt zu einer Ermahnung an, hält sich dann aber doch zurück. Leo lacht, ohne dass man es ihm ansieht. Bei Jennifer stößt seine Mutter längst an ihre Grenzen. Das war nicht immer so. Vor zwei Jahren hatte sie noch nicht die Oberhand, daran erinnert er sich noch. Was ist in der Zwischenzeit passiert? Liegt es einfach daran, dass sie älter geworden ist? Wenn Silke jetzt etwas Wichtiges von Jennifer will, wendet sie sich an ihren Mann, dass er es ihr ausrichtet. Leo beobachtet seine Schwester. Marten erzählt gerade von seiner Arbeit. Er kommt wohl gut voran.

Jennifers Blicke hängen bewundernd an seinen Lippen. Sie vergöttert ihren Vater. Ist die Familie irgendwo unterwegs, geht sie am liebsten direkt neben ihm, niemand anderen duldet sie an diesem Platz. Sie streitet trotzdem oft mit ihm, so wie sie mit jedem streitet. Das heißt, mit Nathalie bisher noch nicht – aber die ist ja auch erst seit ein paar Tagen da.

Leo steht auf. Er wirft einen Blick zum Fenster. Silke und Marten haben sich nebeneinander gesetzt. Gemeinsam bewundern sie eine Zeichnung an der Wand. Leo fragt sich, wie das geht – etwas, das man schon hundert Mal gesehen hat, immer wieder großartig zu finden. Marten schaut seine

Frau auch manchmal so an, als hätte er sie noch nie gesehen. Martha sitzt gelangweilt auf einer kleinen Wippe in der Kinderecke. Soll er ihr Gesellschaft leisten? Sie ist manchmal für ihr Alter ziemlich witzig. Und dann ist sie doch wieder vor allem Kind. Leo weiß nicht so recht, wo sein Platz ist. Bei der abgeklärten Jennifer, die schon alles weiß und die Welt in cool und uncool teilt – oder auf der Wippe mit Martha, die Pferde liebt und in pinkfarbener Bettwäsche schläft?

Er versucht es mit der Wippe. Martha ist schwerer als er, deshalb muss er sich nach hinten lehnen, um sie in die Luft zu befördern. Sie jauchzt, wenn die Wippe am höchstens Punkt ankommt und sie ein kleines bisschen fliegt. Das Jauchzen wärmt die Gegend um Leos Herz. Es gab eine Zeit, da hat er diesen Moment der Schwerelosigkeit geliebt. Er konnte ihn dehnen, bis die Luft knapp wurde. Er konnte fliegen; er war sicher gewesen, wenn er nicht achtgab, hätte er als Astronaut die Erde umkreisen können. Irgendwann war dann aus der Wippe ein langes Brett mit zwei Sitzen an jedem Ende geworden. Leo beneidet Martha, die ihre kindliche Fantasie wohl noch nicht eingebüßt hat. Er nimmt sich vor, mit ihr darüber zu sprechen, und ist gespannt, ob sie ihn verstehen wird.

Er gibt Martha gerade neuen Schwung, als er eine Hand auf seiner Schulter spürt.

»Halt doch mal an«, sagt Jennifer mit gedämpfter Lautstärke. Nathalie steht neben ihr. Es gibt zwei Menschen in der Familie, die sonst nie leise sprechen: Jennifer und seine Mutter.

»Marten und Silke gehen heute Abend weg, das haben sie gerade erzählt.« Jennifer sieht prüfend zu Leo und Martha.

»Wisst ihr, was das heißt?« Sie wartet nicht, bis jemand nickt.

»Heute ist der Tag. Leo, lädst du deine Kamera auf, wenn wir wieder zu Hause sind?« Eigentlich müsste Jennifer längst wissen, dass Leo immer ein paar voll geladene Akkus vorrätig hat.

»Martha, bist du sicher, dass du dabei sein willst? Ich will dich dann nicht jammern hören.«

Leo fragt sich, warum Martha jammern sollte. Sie wollen die Tür zu Martens Arbeitszimmer knacken, weiter nichts. Erwartet Jennifer dahinter etwa ein Drogenlabor oder ein Waffenlager?

»Eine Idee noch. Leo, hast du vielleicht auch eine Mini-Kamera, die wir dort irgendwo verstecken können? So ein Spionage-Teil wie bei James Bond?«

Leo findet, dass sie es jetzt doch etwas übertreibt und ist drauf und dran, den Kopf zu schütteln, dann überlegt er es sich noch einmal. Er hatte schon immer mal die Minicam, die ihm sein Dad vor ein paar Monaten geschenkt hat, testen wollen. Und es ist ja Jennifers Vater, den sie damit ausspionieren würden. Wenn sie das vorschlägt, warum sollte es ihn stören?

»Vielleicht«, sagt er, »ich muss mir das noch mal in der Bedienungsanleitung ansehen.«

Auf der Heimfahrt darf Jennifer vorn sitzen, neben ihrem Vater. Silke sitzt hinten in der Mitte und fragt Leo Französisch-Vokabeln ab. Leo ist unkonzentriert. Er denkt daran, was sie heute Abend vorhaben. Ist das noch ein harmloser Streich? Zwischendurch muss er überlegen, wie die Subjonctiv-Form von vouloir heißt.

Jennifer lässt sich von ihrem Vater aus ihrer eigenen Kindheit berichten. Leo kennt all diese Geschichten schon. Wie die kleine Jennifer immer ganz lange zum Spielplatz gebraucht hat, weil sie jeden Stein umdrehen musste. Wie sie im Kindersitz an der Lenkradstange mit dem Vater zusammen über den Zollplatz fuhr. Der Blick, mit dem Jennifer ihren Vater dabei ansieht, ist voller Bewunderung. Leo fragt sich, ob sie ihren Vater bewundert oder sich selbst.

Die Tür schlägt zu. Die Außenbeleuchtung, die sich automatisch eingeschaltet hat, wirft ihr Licht in die Küche. Trappelnde Schritte. Leo erkennt das Geräusch der Stiefel seiner Mutter auf dem gepflasterten Gehweg. Warten. In der Hälfte der Fälle kommt seine Mutter noch mal zurück, weil sie etwas vergessen hat, oder schickt ihren Mann.

Fünf Minuten später können sie sicher sein, dass die beiden schon mit dem Auto auf der Bundesstraße unterwegs sind.

Jennifer ruft aus dem Keller. Leo steckt die Minicam in die Hosentasche und nimmt seine Videokamera in die rechte Hand. Er würde sie gern wie die Profis auf der Schulter tragen, doch sie ist zu klein – das sähe albern aus.

Ihm ist noch nie aufgefallen, wie eng der Kellergang eigentlich ist. Sie stehen zu viert vor der Tür zu Martens Arbeitsraum. Nathalie hat ein Werkzeug in der Hand, das aus lauter unterschiedlich langen und verschieden gebogenen Haken besteht. Das kann sie nicht im Keller gefunden haben. Leo kennt den Inhalt des Werkzeugkastens sehr gut. Er nimmt sich vor, sie danach zu fragen.

»Cool, wo hast du das denn her?« Jennifer ist schneller als er.

»Sollte jeder aben.« Nathalie übergeht die Frage zunächst. Dann ändert sich ihr Gesichtsausdruck. Sie scheint in sich hineinzuhorchen. Es sieht aus, als lausche sie einer unhörbaren Stimme.

»Okay. Also, das ist ein Obby. Lockpicking. Das kann man lernen, in Kursen. Und dann muss man es dauernd üben, sonst verliert man die Geschicklischkeit.«

»Wie lange trainierst du das schon?« Jennifer sollte Kommissarin werden, denkt Leo. Wenn sie fragt, traut man sich kaum, die Antwort zu verweigern.

»Seit isch sieben bin, glaube isch. Mein Vater at es mir beigebracht.« Leo erkennt an Jennifers Gesicht, dass sie gern weiter gefragt hätte. Doch nach dem Hinweis auf den Vater wirkt sie unsicher.

»Was meinst du, wie lange es dauert?«

Nathalie stochert mit dem Werkzeug im Schloss herum. Leo kann kein System erkennen. Hofft sie einfach, zufällig die richtigen Hebel zu treffen? Er wartet auf ein Geräusch – und erschrickt, als Nathalie nach einer Weile die Klinke herunterdrückt. Die Tür öffnet sich absolut leise, kein Quietschen, wie Leo es von einer schweren Stahltür erwartet hätte. Er betrachtet sie von der Seite. So eine Tür hat er noch nie gesehen. Das Material ist mehrere Zentimeter dick. Klopft man darauf, klingt es trotzdem nicht hohl. Es klingt beinahe gar nicht. Leo kann sich nicht daran erinnern, ob es diese Tür schon vor Martens Einzug hier gab.

»Kamera!« Er hört sofort auf Jennifers Kommando und bringt den Camcorder in Aufnahmeposition. Abgemacht war, dass er den kompletten Rundgang aufzeichnen würde. Noch ist auf dem Display nichts zu sehen, da es im Keller dunkel ist.

»Der Lichtschalter muss gleich beim Eingang sein«, ruft Jennifer von hinten. Nathalie geht voran. Sie tastet mit der Hand nach dem Schalter. Ein scharfes Klicken, dann wird es hell. Die Deckenlampe strahlt ein unnatürlich helles, hartes Licht aus. Die Wirklichkeit wirkt darin noch ein Stück realer, ja beängstigender. Leo muss an die kleinen, runden Kosmetikspiegel in manchen Hotels denken. Sein eigenes, wohlbekanntes Gesicht sah darin immer fremd aus, direkt abstoßend und zum Fürchten.

Vor ihnen liegt ein schmaler Gang, gerade so breit wie die Tür, der etwa vier Meter weiter an einer kahlen Wand endet. Vor dieser Wand steht ein kleiner, hoher Tisch. Leo freut sich, etwas Bekanntes zu entdecken. Das Möbelstück stand früher mal im Flur. Jetzt weiß er, wohin es verschwunden ist. Die Wand zur Rechten ist aus Ziegeln gemauert. Im erbarmungslosen Licht ist jede Fuge zu erkennen, obwohl die Wand ordentlich verputzt und weiß gestrichen ist. Linkerhand begrenzt keine Mauer den Gang, sondern eine nicht ganz deckenhohe Konstruktion aus irgendeinem künstlichen Material. Leo fällt dazu nur »Plastik« ein, aber es ist nicht das Plastik, mit dem etwa sein Camcorder umhüllt ist. Die Abtrennung besteht aus einzelnen, senkrechten Bahnen, die mit Metallstäben an der Decke befestigt sind. Die Gruppe rückt schrittweise vor.

»Leo, du musst vorausgehen.« Jennifer hat Recht. Sonst verdeckt Nathalies Rücken den größten Teil des Sucherbildes. Leo verabschiedet sich mit Bedauern von dem Abdruck ihres BHs, der sich unter dem T-Shirt abzeichnet, dann drängt er sich nach vorn. Die Kamera nimmt den Tisch an der Stirnseite des Gangs ins Visier. Ein dunkles Holz mit starker Maserung, hie und da etwas abgestoßen. Seine Mutter wollte ihn damals wohl deswegen aus dem Flur verbannen. Der Tisch ist leer. In der rechten vorderen Ecke entdeckt Leo noch eine Kritzelei. Mit Kugelschreiber hat hier jemand vier Initialen gekrakelt, nicht sehr gekonnt.

Leo dreht sich nach links. Dort gibt es in der Plastikwand einen Durchgang zu einem anderen Teil des Raumes, der im Halbdunkel liegt. An der Decke erkennt Leo eine Neon-Leuchte, aber wo ist der Schalter? Sein Blick folgt dem Kabel, das von der Lampe über die Decke bis zur Plastik-Wand führt, dann nach unten, um schließlich in einem großen, schwarzen Drehschalter zu enden, wie man ihn eher in einer Werkstatt sieht. Vermutlich hat Marten den Raum selbst verkabelt.

Leo dreht den Schalter. Gleißende Helligkeit erfüllt den Raum. Dazu kommt ein leises, surrendes Geräusch, das wohl ein Lüfter produziert. Leo hat keinen besonders ausgeprägten Geruchssinn. Erst als der Lüfter anspringt, stellt er fest, wie abgestanden die Luft hier unten riecht. Er geht einen Schritt nach vorn, bleibt dann aber ruckartig stehen, sodass jemand von hinten in ihn hineinläuft. Eine gemurmelte Entschuldigung; Leo dreht sich nicht um, denn der stählerne Tisch vor ihm fesselt sein Interesse.

Es handelt sich eher um eine Art Liege aus blankem Metall. Nur die Beine sind weiß gestrichen und enden in Rollen. Die Auflagefläche ist so schmal, dass ein durchschnittlich gebauter Mensch die Arme nach unten hängen lassen kann. Der Länge nach würde auch ein Erwachsener gut darauf passen. Oben und unten, etwa im Brust- und Kniebereich, sind Gurte angebracht. Der Stoff, aus dem sie bestehen, ist voller dunkler Flecken. An jeweils einer Seite besitzen sie Schnallen wie ein Gürtel. Die Bänder enden jeweils kurz über dem gefliesten Fußboden. Unter der Liegefläche sind zwei flache Schubladen.

Leo justiert den Fokus der Kamera und zeichnet alle Details der Liege auf. Als er nach oben schwenkt, sieht er plötzlich eine zweite Kamera. Das Bild wackelt kurz. Dann merkt er, dass er einen Spiegel filmt, der sich in einer Höhe von etwa einem halben Meter über die ganze Länge der Liege erstreckt. Darüber erkennt Leo im Sucher ein großes Werkzeug, eine Säge, die an einer eingedübelten Schraube an der Wand hängt. Er erhöht den Zoomfaktor. Das Sägeblatt zeigt Flecken, Rost, nimmt Leo an. Es ist in einen Bügel eingespannt, von dem die Farbe abblättert. Langsam bewegt er die Kamera nach links. Eine weitere Schraube in der Wand. Noch eine Säge, aber deutlich kleiner und mit einem Handgriff an einer Seite. An der nächsten Schraube hat Marten eine Art Zwinge aufgehängt, ein metallener Bügel, mit dem sich andere Gegenstände fixieren lassen. Es folgen ein Hammer, eine Kneifzange, eine Rohrzange und eine Kombizange, alle griffbereit an der Wand befestigt. Leo ist überrascht, dass sein Stiefvater auch Ordnung halten kann.

Die nächsten Instrumente kann Leo nicht mehr so einfach zuordnen. Da gibt es eine Rolle, die mit spitzen Nägeln gespickt ist, daneben hängt ein zur Schlinge geformtes Metallband, dessen Enden mit einer Schraube verbunden sind. Eine birnenförmige Kugel aus einem wie Kupfer glänzenden Material ist an ihrem Stil aufgehängt, der in einer Art Schlüsselkopf endet. Ein anderes Gerät erinnert ihn an eine riesige Pinzette, die jedoch an jeder Seite gleich zwei Greifarme besitzt.

Marten scheint eine gewisse Systematik einzuhalten, denn nun folgt eine kleine Sammlung von Scheren: eine mit langen Schneiden, eine mit kurzen, eine mit gebogenen, eine vierte hat statt Schneiden runde Metallbügel. Eine der Scheren hat besonders lange Griffe. Bei der letzten muss Leo erst nachdenken, bevor er die Besonderheit bemerkt: Sie ist offenbar so geschliffen, dass die Schneiden außen liegen. Bekannt kommen ihm die Schraubenzieher vor, die wohl nach Profil gesammelt sind: rund, dreieckig, viereckig, mit Kreuzschlitz- oder flachem Ende oder auch mit Spitze. Schließlich folgen Messer – Leo hat noch nie so eine vielfältige Auswahl gesehen. Messer mit kurzer Schneide und mit langer, breite Messer, schmale Messer, Klappmesser sind mit Schrauben an der Wand fixiert. Das kleinste Messer würde in eine Puppenstube passen, das größte erinnert fast an ein Schwert. Die Schneiden sind unterschiedlich geformt, meist einseitig geschliffen, manchmal auch zweiseitig oder mit Sägezähnen versehen. Die Hefte zeigen kaum Auffälligkeit. Eine Gemeinsamkeit haben all diese Schneidwerkzeuge: Sie machen nicht den Eindruck, als wären sie stumpf.

Und dann sieht das Kamera-Auge nur noch weiße Wand. Leo hat das Ende der Sammlung erreicht.

»Krass, Alter.« Es ist Martha, die als erste etwas sagt. Jetzt erst fällt Leo auf, wie ruhig es bisher war. Niemand hat sich der Metall-Liege und der Wand mit den Werkzeugen genähert. Nicht einmal Jennifer hat ihre Entdeckung kommentiert. Alle lachen, doch Leo spürt keine Erleichterung. Egal, er hat hier noch etwas zu tun. Schnell durchquert er den Raum. Obwohl der Boden gefliest ist, hört er seine eigenen Schritte kaum. Das muss wohl an den Eierverpackungen liegen, die an der Decke angebracht sind. Leo hat mal gelesen, dass sie den Schall im Raum verteilen und Nachhall verhindern.

Aus der Nähe sieht die Liege eher wie ein Tisch aus. Sie spiegelt das Licht, als sei sie frisch geputzt. Ein großer Kratzer verläuft etwa in der Mitte schräg über die Oberfläche, die eine flache Mulde bildet. Als Schreibtisch eignet sich dieses Möbelstück kaum. Was fängt Marten wohl damit an? Fast am Ende des Tisches sieht Leo einen Esslöffel. Er passt zu dem Besteck, das er aus der Küche kennt. Leo steckt ihn ein, seine Mutter wird ihn sicher schon vermissen. Sie achtet immer penibel darauf, dass alle Besteckteile vollzählig in der Schublade liegen.

Die seltsamen Instrumente an der Wand wirken aus der Nähe beunruhigend, strahlen geradezu Angriffslust aus. Es scheint, als warteten sie nur auf das Zeichen, sich gemeinsam auf die Eindringlinge zu stürzen. Leo schüttelt den Kopf. Dinge bewegen sich nicht von allein. Nathalie und Jennifer fürchten sich nicht. Sie nehmen ein paar der Instrumente von den Schrauben in der Wand.

»Aber hängt alles wieder genau so auf, wie ihr es abgenommen habt.« Leo überlegt, ob er sicherheitshalber auf seinem Camcorder nachsehen soll, wie die Werkzeuge angeordnet waren. Er hat ja alles dokumentiert. Aber er kann sich nicht vorstellen, dass sich sein Stiefvater die exakte Position jedes einzelnen Gegenstands im Raum gemerkt hat. Andererseits weiß Marten bei seinen Recherchen immer ganz genau, wo er welches Blatt auf dem Fußboden des Arbeitszimmers abgelegt hat.

Neben dem Metalltisch befindet sich ein Waschbecken, das ein Elektroboiler mit warmem Wasser versorgt. Der Beckenrand stößt direkt an einen großen, beige lackierten Kasten, der leise summt. An einer seiner Kanten leuchten zwei grüne Lämpchen. Eine Gefriertruhe, vermutet Leo. Er hat seine Mutter noch nie diesen Raum betreten sehen, deshalb ergibt es keinen Sinn, ausgerechnet hier Tiefkühl-Vorräte aufzubewahren. Die Truhe lässt sich nach oben öffnen. Leo zieht am Griff, da bemerkt er, dass Marten ein Vorhängeschloss angebracht hat. Das Metall des Riegels glänzt feucht.

»Nathalie, hier ist noch ein Schloss.« Die Freundin seiner Schwester braucht nicht lange. Leo nimmt das Schloss ab und klappt den Riegel hoch. Dann fällt ihm siedend heiß ein, was sie nicht beachtet haben.

»Kannst du Schlösser eigentlich auch wieder zumachen?«

»Kein Problem.« Nathalie lacht, drückt den Bügel in das vorgesehene Loch, der Verschluss klackt, das Schloss ist wieder zu.

»Und die Eingangstür? Da reicht es nicht, sie zuzuziehen.«

»Ja, klar. Wenn wir mal etwas Ru-e aben, erkläre isch dir, wie das funktioniert mit den Schlössern.«

»Oh, gut.« Leo klappt die Gefriertruhe auf. Die Wände sind stark vereist. Sein Atem kristallisiert zu Nebel. Die Truhe ist etwa zur Hälfte gefüllt. Leo kann nicht erkennen, womit, denn alles befindet sich in blauen Säcken. Er versucht, einen davon herauszuheben, doch entweder ist er zu schwer oder am Boden angefroren. Der Sack hat eine seltsame Form mit einem Knick in der Mitte; er ist etwa einen Meter lang.

»Kann mir mal jemand helfen?«

Jennifer stellt sich neben ihn und schaut gelangweilt in die Truhe.

»Lauter blaue Säcke, toll.«

»Zieh doch mal, hier.«

Sie lässt sich dazu herab, ihm zu helfen. Der Sack muss wirklich festgefroren sein. Ein neuer Versuch.

»Und – los!«

Vom Boden der Truhe steigt ein Knirschen auf. Leo lässt los, doch es ist zu spät. Der Sack reißt auf. Sein Inhalt ist seltsam geformt und bläulich-blass. Leo überlegt noch, was er da sieht, da kreischt Jennifer schon und springt zurück. Es ist ein Arm. Leo erkennt den Ansatz eines Oberarms, Ellenbogen, Unterarm und Hand. Der Hand fehlt ein Finger.

Der Deckel der Gefriertruhe knallt zu. Leo hat so schnell reagiert, dass er sich jetzt fragt, was er da überhaupt gesehen hat. Er schaut zu Jennifer. Sie steht mit hängenden Schultern neben der Truhe, den Schreck immer noch im Gesicht. Was sollen sie den anderen sagen? Leo dreht sich um, er sucht nach Martha. Für Nathalie würde er den Deckel nötigenfalls noch einmal öffnen, doch um seine kleine Schwester sorgt er sich. Nathalie kommt schon neugierig näher. Jennifer macht keine Anstalten, irgendetwas zu sagen, also muss er sich etwas ausdenken. Nathalie greift nach dem Deckel.

»Warte mal.« Sein Kopf ist leer. Wo sich eben noch Gedanken jagten, ist nur noch dichter Nebel.

»Warte mal«. Immerhin merkt er, dass er sich wiederholt. Nathalie rümpft die Nase. Sie versucht, am Deckel zu ruckeln, doch Leo drückt ihn fest nach unten.

»Nathalie, lass.« Gut. Jetzt nur noch eine schlüssige Erklärung, und die Situation ist gerettet.

»Das ist eklig, was du da findest.« Leo dreht sich so, dass er Martha den Rücken zuwendet, und zieht eine Grimasse, die nur Nathalie sieht. Sie nimmt die Hand von der Gefriertruhe, doch ihr Blick bekommt etwas Feindseliges. Leo kennt das. Nathalie fühlt sich ausgeschlossen. Sie sieht zu Jennifer hinüber, dann wieder zu Leo. Er würde ihr jetzt gern den Arm zeigen, doch erst muss er nach Martha sehen. Sie schaut sich neugierig um und kratzt sich an der Nase. Leo ist froh, dass sie so unkompliziert ist.

»Alles okay, Martha?«

»Klar, Alter.« Ihre Augen stellen eine Gegenfrage: Was ist denn los, warum sorgst du dich um mich? Dann dreht sie sich um und nimmt die Instrumenten-Sammlung über der Liege genauer in Augenschein.

»Pass auf, die sind scharf«, warnt Leo.

»Ja, Mama.«

Wenn er nur etwas besser Französisch sprechen würde, könnte er Nathalie in ihrer Muttersprache begreiflich machen, warum die Gefriertruhe besser geschlossen bleibt. Und dass sie genau deswegen jetzt vielleicht in Schwierigkeiten sind. Leo sieht, dass Nathalie unzufrieden ist und auf eine Erklärung wartet.

»Hilft ja nichts.« Keiner lacht wie sonst, wenn er Martens Spruch benutzt. Die drei Worte passen so wenig zu ihm, dass jeder darüber lächeln muss, der Leo etwas näher kennt.

»Was haltet ihr davon, wenn wir jetzt meine Mini-Kamera irgendwo verstecken?« Das Ablenkungsmanöver funktioniert. Triumphierend hält er das winzige Gerät hoch, das so groß ist wie drei Mantelknöpfe. Er hat die Kamera schon mal ausprobiert. Sie zeichnet keine besonders scharfen Bilder auf, hat aber dafür auch einen Nachtsicht-Modus, in dem sie die Szenerie mit unsichtbarem Infrarot-Licht ausleuchtet. Sie besteht im Grunde nur aus einer Linse, etwas Elektronik und einem Akku. Ein Bewegungssensor schaltet die Kamera ein, wenn in ihrem Blickfeld etwas passiert. Dadurch leert sich der Akku nicht so schnell, der kaum mehr als zwei Stunden Videoaufnahme durchhält. Leo könnte die Kamera auch in regelmäßigen Abständen Fotos schießen lassen, doch er hat sich für den Filmmodus entschieden. Aus der Ferne lässt sich das Gerät nicht ansprechen, also würden sie später noch einmal in Martens Zimmer einbrechen müssen, um die erbeuteten Videos zu sichern. Ton zeichnet die Kamera nicht auf.

Leo sieht sich um. Die Linse braucht freies Sichtfeld und darf trotzdem nicht auffallen. Besonders kritisch wäre es, würde sich ein Lichtstrahl in ihrem Glas spiegeln. Direkt über der Neon-Lampe ist das Risiko am geringsten. In ihrem Schatten hätte das heimliche Auge auch einen guten Blick auf die metallene Liege. Leo vermutet, dass Marten dort arbeitet, wenn er sich hier unten aufhält. Er muss an den abgetrennten Arm in der Tiefkühltruhe denken. Was genau stellt sein Stiefvater in diesem schallisolierten Raum bloß an? Leo schüttelt sich, weil etwas kalt seinen Rücken hinunterläuft.

»Da oben an der Lampe wäre ein guter Platz.« Jennifer schafft einen Stuhl herbei, den sie in der Ecke des Raumes entdeckt hat. Leo versucht, die Kamera zu platzieren, doch ihm fehlen vielleicht fünf Zentimeter Körpergröße.

»Lass mich mal.« Jennifer steigt auf den Stuhl und streckt die Hand nach der Kamera aus.

»Moment.« Er muss das Gerät erst noch aktivieren. Dass nach dem Betätigen der Einschalttaste nichts passiert, beunruhigt ihn nicht. Den verräterischen Leuchtpunkt, der Bereitschaft und Aufnahme anzeigt, hat er vor ein paar Tagen mit einem Draht überbrückt.

»Am besten direkt hinter die Verkleidung.« Die Neonlampe besitzt oben eine Art Plastikmantel, aus dem Streifen herausgeschnitten sind. Die Linse passt zwar gut hinter eine dieser Lücken, doch sie ist etwas zu breit. Könnte Leo jetzt durch das Kamera-Auge blicken, würde er bemerken, dass das Bild am rechten Rand vom Plastik verdeckt wird. Er sieht zu, wie Jennifer die Kamera möglichst gerade auszurichten versucht, und weiß noch nicht, was ihm später Kopfzerbrechen bereiten wird.

Zufrieden steigt Jennifer schließlich wieder vom Stuhl. Leo hat kurz das Bedürfnis, in die Kamera zu winken. Immer, wenn er irgendwo eine Überwachungskamera sieht, will er sich bemerkbar machen. Dabei versucht er, sich den Menschen vorzustellen, der ihn da gerade durch das elektronische Auge beobachtet.

»Aber jetzt schnell raus hier.« Der seltsame Raum bedrückt ihn zunehmend. Je mehr Leo versucht, das Bild des tiefgefrorenen Arms zu vergessen, desto mehr drängt es sich auf. Malt er sich stattdessen grüne Wälder aus, schiebt sich das Blau des Plastiksacks davor und er hört wieder das leise, aber umso hässlichere Geräusch, das der Riss verursachte.

Jennifer ist natürlich cool wie immer. Trotzdem ist sie als erste an der Tür. Nathalie, der die Erleichterung anzusehen ist, folgt ihr. Nur Martha sieht unbekümmert aus. Für sie scheint von den Werkzeugen nicht dieselbe Bedrohung auszugehen, die Leo so deutlich verspürt. Martha betrachtet sie ganz unbefangen, wie man einen seltsamen Fund in Augenschein nimmt. Leo will sie an der Hand aus dem Zimmer ziehen, als Martha einfällt, dass sie die Schubladen unter der Liege noch gar nicht untersucht haben. Sie zieht die linke heraus. Das schleifende Geräusch von Metall auf Metall schmerzt in Leos Ohren.

»Schau mal, Leo«, sagt sie und presst sich die Hand auf den Mund. Ihre andere Hand, die Leo noch immer hält, wird ganz schlaff. In der Schublade liegt, was sein Camcorder zuerst hinter dem Schreibtisch aufgespürt hatte: ein abgeschnittener Finger.

4

An einen geordneten Rückzug war danach nicht mehr zu denken gewesen. Martha hatte etwa zehn Sekunden gebraucht, um wirklich zu begreifen, was sie da sah, dann war sie in Tränen ausgebrochen und nicht mehr zu beruhigen gewesen. Leo ärgert sich noch immer, dass sie nicht schneller reagiert hatten. Nein, es war allein seine Schuld, Jennifer und Nathalie hatten ja gar nicht mitbekommen, was da passiert war. Warum hatte er die Schublade nicht blitzschnell wieder geschlossen? Stattdessen war er vor Schreck wie gelähmt gewesen, und in diesen zehn Sekunden hatte Martha genug gesehen, dass danach jede Ausrede vergeblich war.

»Ein Kunstfinger?«, hatte Martha geschrien. »Meinst du, ich bin doof?« Die ganze Sache war eine dämliche Idee. Seine Idee. Wieso hatten sie Martha überhaupt mitgenommen? Aber hatte er ahnen können, was Marten da unten in seinem Arbeitszimmer versteckte? Sie hatten es an diesem Abend nicht mehr geschafft, Martha völlig zu beruhigen. Als die Eltern nach Hause kamen, hatte Jennifer ihre kleine Schwester abgeschirmt. Sie sei müde gewesen und früher als sonst ins Bett gegangen. Die Mutter hatte es zum Glück geglaubt.

Jetzt sitzen sie in Jennifers Zimmer auf dem Fußboden und versuchen, eine Strategie zu entwickeln. Wie soll es weitergehen? Sie haben das gesamte Wochenende, um eine Lösung zu finden.

Martha lehnt im Schneidersitz an Jennifers Bett, in dem sie auch die Nacht verbracht hat. Sie sieht gefasst aus, äußerlich ist ihr nichts anzumerken. Nathalie hat die Beine ausgestreckt und drückt mit den Händen ihre Knie nach unten, als mache sie Gymnastik. Sie verzieht keine Miene. Leo hofft, dass sie nicht auf die Idee kommt, einfach abzureisen. Er wäre nach solch einem Fund wohl nicht länger bei Gasteltern im Ausland geblieben. Vielleicht ist sie weniger schockiert, weil sie das Bild des abgetrennten Arms nicht vor Augen hat? Jennifer hatte sie erst später, als Martha es nicht hörte, darüber aufgeklärt, was sie in der Truhe gefunden hatten.

»Ich bin dafür, dass wir erst einmal abwarten. Wir wissen doch überhaupt nichts.« Leo lernt eine neue Seite an seiner Stiefschwester kennen: Zu warten ist für sie normalerweise keine Option.

»Aber worauf sollen wir warten?«

»Leo, da unten an der Lampe hängt deine Kamera.« Jennifer schaut ihn vorwurfsvoll an – und auch ein wenig mitleidig. »Es ist doch klar, dass wir erst wissen müssen, was Papa im Keller macht, bevor wir das an die große Glocke hängen. Er arbeitet doch fast jeden Abend da unten, deshalb werden wir nicht lange zu warten brauchen.«

»Und womit wird er sich dort beschäftigen? Meinst du, er entwickelt Kochrezepte?« Leo muss aufpassen, dass er nicht zu viel verrät. Martha weiß von dem Arm ja noch gar nichts. Nathalie schüttelt den Kopf. Die langen Haare fallen ihr in die Stirn. Doch sie sagt nichts.

»Woher soll ich das denn wissen? Vielleicht hat es etwas mit Medizin zu tun?«

»Marten ist kein Arzt, er ist Schriftsteller.«

»Er ist eben vielseitig interessiert.«

»Und dazu braucht er einen A…«? Leo beißt sich auf die Lippen und sieht zu Martha hinüber. Sie scheint sich damit abgefunden zu haben, von der Diskussion nur die Hälfte zu verstehen.

»Wer sagt dir denn, was er wofür braucht? Vielleicht bewahrt er das Ding nur für einen Freund auf?«

»Nathalie, wärst du so nett, ich habe da so ein Ding, würdest du das bitte für mich in dein Eisfach legen? Mach dir keine Sorgen, ich hole es irgendwann wieder ab.«

Nathalie spielt mit. »Ah, oui. Immer gern.« Sie schütteln sich die Hände.

»Das bringt uns aber auch nicht weiter. Vielleicht hat Papa gar nicht gewusst, was man ihm da untergejubelt hat.«

Im Grunde, denkt Leo, hat Jennifer vielleicht sogar Recht. Es wäre doch schön, wenn sie das Thema abhaken könnten, seine Neugier ist jedenfalls mehr als befriedigt.

»Okay«, sagt er, »wir vertagen das, bis wir überprüfen können, was meine Kamera aufgezeichnet hat.« Er wird dann darauf bestehen, dass Martha nicht dabei ist, auch wenn er noch keinen Schimmer hat, wie sie seine kleine Schwester fernhalten können.

Am nächsten Morgen wird Leo von Martha geweckt. Draußen ist es schon hell, doch der Wecker behauptet, es sei erst halb sieben. »Was ist los?« Er kann sich einen genervten Unterton nicht verkneifen »Du weißt doch, dass ich am Sonntag immer ausschlafe.«

»Ich konnte nicht mehr schlafen. Mir geht der abgeschnittene Finger nicht mehr aus dem Kopf. Ich habe sogar davon geträumt. Und dann hat mich Jennifer aus ihrem Zimmer geworfen.«

»Du hast wieder bei Jennifer übernachtet?«

»Ja, wegen der Träume. Ich wäre ja auch zu Papa oder Silke gegangen, aber das hat mir Jennifer verboten.«

»Da hat sie Recht. Martha, wir wissen doch gar nichts, und außerdem sind wir einfach in Martens Zimmer eingebrochen. Wenn das rauskommt!«

»Das stimmt. Sollen wir ein bisschen Minecraft spielen?« Martha kann stundenlang vor der Xbox sitzen und in einer Klötzchenwelt ganze Schlösser bauen. Am liebsten spielt sie in einem Modus, in dem sie überhaupt keine Regeln beachten muss. Dann kann ihre Spielfigur sogar fliegen. Leo hingegen braucht die Abwechslung. Wenn es Nacht wird in Minecraft, kommen Monster aus ihren Höhlen gekrochen. Dann geht er auf die Jagd. Martha hält sich hinter ihm. Manchmal teilen sich bis zu vier Mitspieler den großen Bildschirm im Wohnzimmer.

»Na gut.« Leo nickt und nimmt seine dünne Decke mit nach unten. Er mag die Zeit gern, wenn die anderen noch schlafen, allerdings ist es im Wohnzimmer dann oft noch recht kühl. Der Schaukelsessel gehört ihm, jedenfalls wenn Jennifer nicht da ist. Martha setzt sich auf ein dickes blaues Kissen, das sie vom Sofa nimmt. Vor ihren Augen materialisiert sich eine neue Welt. Das sind für Leo immer die spannendsten Momente im Spiel. Jede Welt ist anders. Wo wird er sein Haus bauen, seine Basis errichten? Wie kommt er am schnellsten zu den wichtigsten Rohstoffen?

Denn auch im Spiel vergeht die Zeit, und am Abend braucht man eine sichere Unterkunft. Es dauert ein paar Minuten, dann nähert sich die Sonne dem Horizont. Martha hat ihr Haus bereits fertig. Leo hat etwas zu großzügig geplant und muss sein Werk jetzt mit minderwertigen Rohstoffen beenden – zumindest vorerst. Martha wackelt ungeduldig mit den Füßen. Je früher ihre Alter Egos im Spiel schlafen, desto geringer ist das Risiko, dass ihnen Monster über den Weg laufen. Rechtzeitig hat Leo Fackeln an den Wänden angebracht, sonst sähe er jetzt nichts mehr, denn in der Spielwelt hat sich Dunkelheit ausgebreitet. Er schließt die Tür, stellt sein Bett auf und drückt den Knopf, der seine Spielfigur in den Schlaf wiegt.

Die Nacht ist kurz in Minecraft.

»Ich habe von dem Finger geträumt«, sagt Martha, kurz bevor die Sonne aufgeht. Leo hält die Zeit an. Wenn das nur immer so leicht wäre wie im Spiel, denkt er. »Der Finger konnte sich bewegen. Dort, wo er abgeschnitten ist, hatte er zwei kleine Füße. Damit ist er mir hinterher gerannt, als ich mich umgedreht habe, da unten im Keller. Ich habe nichts gemerkt. Er hat sich in meiner hinteren Hosentasche versteckt, und in der Nacht ist er herausgeklettert. Dann hat er mich an der Nase gekitzelt und geweckt. Jemand hatte ihm mit blauem Filzstift ein Gesicht aufgemalt. Einen Mund, mit dem er sprechen konnte. Er hat so leise geflüstert, dass ich ihn nicht verstanden hab. Ich habe aber gesehen, wie traurig seine Augen waren. Er hat seinen Besitzer vermisst, glaube ich. Weißt du, wem er gehört?«

»Wir können ihn leider nicht fragen.« Wenn der Finger nun wirklich davongelaufen ist? Eine bequeme Lösung, findet Leo, doch darauf brauchen sie nicht zu hoffen.

»Aber ich glaube nicht, dass er irgendwen vermisst. Es ist doch nur ein Finger. Wahrscheinlich ist der Mensch, dem er gehört hat, längst tot.« Er überlegt, ob das wirklich eine gute Erklärung ist. Als er das Wort »tot« ausgesprochen hat, haben sich die kleinen Härchen auf seinem Arm aufgestellt. Ob es Martha nun besser geht?

»Kannst du dir vorstellen, warum Papa so was in einer Schublade aufhebt?« Leo schüttelt den Kopf.

»Ich würde ihn ja so gern selbst fragen. Oder wenigstens Silke, die weiß bestimmt Bescheid.« Leo versteht Martha. Sie wünscht sich, dass alles wieder so ist, wie es immer war. Doch seit sie das Kellerzimmer verlassen haben, ist alles anders geworden.

»Heute Abend erfahren wir vielleicht mehr«, sagt er und weiß im selben Moment, dass das die falsche Antwort war.

Sie hatten Martha aus der Sache heraushalten wollen. Erst wenn sie schon im Bett lag, wollten sie heute Abend erneut in Martens Raum einbrechen. Leo zuckt zusammen, als er daran denkt. Das würde ihnen nur wenig Zeit lassen, weil die Eltern spätestens um 22 Uhr zurück sein würden. Aber ist es überhaupt noch möglich, die kleine Schwester herauszuhalten? Leo sieht Martha an. Vielleicht kann sie mit Gewissheiten besser umgehen als mit Fragen.

»Wieso heute Abend?«

»Meine Kamera ist doch noch da unten. Wir wollen nachsehen, ob sie vielleicht etwas aufgezeichnet hat, das uns ein paar Fragen beantwortet. Es wäre schön, wenn du solange aufpassen könntest, ob Marten und Silke zurückkommen.«

»Okay.« Martha ist überraschend schnell einverstanden. Jetzt muss Leo bloß noch Jennifer beibringen, dass er gegen ihre Abmachung verstoßen hat.

Ein Flackern, das wie eine Bildstörung aussieht. Die Kamera wollte wohl gerade auf Infrarot umschalten, als sich die Neonlampe eingeschaltet haben muss. Ein Mann tritt heran. Die Kamera streift kurz sein Profil, das im harten Licht sehr dunkel wirkt, dann ist nur noch seine Rückseite zu sehen. An der Glatze ist eindeutig erkennbar, dass es sich um Marten handelt. Es ist weit nach Mitternacht, wie der Zeitstempel im Bild verrät. Das Kamerabild wirkt wie aus einem billigen Horrorstreifen. Die Farben sind unnatürlich, wie ausgewaschen.

Leo weiß, dass das an der Neon-Röhre liegt, einem ganz alten Exemplar, das ein unangenehmes Licht produziert. Es könnte ein Grusel-Video sein, das sie da gerade betrachten. Was ihm wesentlich lieber wäre. Doch es ist der Film aus dem Keller zwei Stockwerke unter ihnen. Gestern hatten sie gerade genug Zeit gehabt, die Kamera zu bergen. Der Chip, der ihnen verraten soll, womit Marten sich beschäftigt, steckt jetzt in Leos Computer. Er sitzt an seinem Schreibtisch, die Mädchen stehen hinter ihm und blicken über seine Schulter auf das Display. Martha hat so lange gebettelt und genervt, bis Jennifer wütend wurde. Erst als Martha zu drohen begann, ist ihre große Schwester eingeknickt.

Der Mann hat etwas mitgebracht, das er nun auf den Untersuchungstisch legt. Es ist in eine bunte Plastiktüte eingewickelt. Leo ist es unmöglich, die Person auf dem Bildschirm bei ihrem Namen zu nennen. Sie wirkt äußerst konzentriert, jede Aktion wird mit Bedacht ausgeführt, zielbewusst, perfekt. Man hat den Eindruck, dass sämtliche Bewegungen, jeder Handgriff nur so und nicht anders ausgeführt werden können. Der Marten, den Leo kennt, weiß zwar alles, doch er ist auch manchmal zerstreut und dabei immer entspannt. Es passiert, dass er ein Glas fallen lässt, wenn er es aus dem Geschirrspüler holt, und er krümelt beim Essen. Der Mann jedoch, den sie gerade beobachten, scheint zu derartigen Unachtsamkeiten gar nicht fähig.

Er ergreift die Plastiktüte und dreht sie langsam und vorsichtig herum. Der Inhalt kann nicht allzu schwer sein, jedenfalls scheint er sich dabei nicht anstrengen zu müssen. Mit zwei Fingern fasst er die Tüte nun an ihrem Ende. Während er sie so hochhebt, zeichnet sich ihr Inhalt ab. Was immer sich darin befindet, ist etwa 30 Zentimeter lang und hat ungefähr die Form eines Zylinders mit einer Ausstülpung. Langsam rutscht das Ding nach unten zur Öffnung der Tüte. Leo verspürt den Impuls, auf »Pause« zu drücken, doch seine Finger scheinen über der Tastatur eingefroren, er kann sie nicht rühren.

Der Mann hält mitten in der Bewegung inne und justiert die Position der Tüte, ehe er sie weiter anhebt. Ein kurzer Ruck, und im Bild erscheint ihr Inhalt. Leo beißt sich auf die Lippen. »Uh«, hört er hinter sich und ein seltsames, unterdrücktes »Wow«. Auf dem Untersuchungstisch liegt, klar und deutlich erkennbar, ein Unterschenkel samt Fuß. Es muss sich um ein männliches Körperteil handeln, denn die Haut ist stark behaart. Der Mann greift ohne hinzusehen in eines der Fächer unter der Liege. Ein Elektro-Rasierer. Mit der linken Hand hält er den Schenkel fest, während er ihn mit der rechten säuberlich rasiert.

Erst jetzt ist auch im Kamerabild zu erkennen, wie merkwürdig blass die Haut ist. Es ist keine winterliche Blässe, sondern ein bläulich getöntes Weiß, das Leo noch nie auf menschlicher Haut gesehen hat. Der Mann tippt mit dem rechten Zeigefinger auf den Schenkel, wartet kurz, drückt länger und kräftiger zu und beobachtet erneut, was geschieht. Die Kamera ist nicht leistungsfähig genug, Unterschiede sichtbar zu machen, doch der Mann erkennt offenbar welche, denn er setzt seinen Versuch mit gesteigerter Intensität fort. Nach einer Weile ist auch im Display erkennbar, dass die Haut fleckig wird.

Danach beginnt der Mann, den Unterschenkel zu massieren. Es ist ein makaberer Anblick. Leo stellt sich die Finger seiner Mutter in seinem Nacken vor. Er wird sich nie wieder massieren lassen können, wenn er Kopfschmerzen hat. Der Mann massiert kräftig; der ganze Schenkel und der Fuß geraten dabei in Bewegung. Leo meint erkennen zu können, dass die Flecken daraufhin heller werden. Der Mann nickt zufrieden. Er greift erneut in eine der Schubladen und befördert einen Stift und ein Heft hervor, in das er etwas einträgt, mehr ist auf dem Bild nicht zu sehen.

Er legt das Heft zur Seite und nimmt eines der Werkzeuge von seinem Haken, das wie ein Schraubenzieher aussieht. Er beugt sich vor und verdeckt dabei den direkten Blick. Doch im Spiegel über dem Metalltisch ist zu sehen, wie er das Werkzeug auf der Haut ansetzt und mit kräftigem Druck in das Fleisch schiebt. Der Mann muss sich anstrengen; trotzdem kommt er kaum tiefer als ein paar Zentimeter. Es tritt kein Blut aus, auch dann nicht, als er den Schraubenzieher wieder herauszieht. Der Mann beugt sich tiefer über den Unterschenkel, betrachtet die Wunde ganz aus der Nähe und beginnt in sein Heft zu zeichnen. Er benutzt ein Lineal, um die Maße der Wunde in jeder Dimension zu erfassen. Noch einmal schiebt er den Schraubenzieher in das Loch, dreht ihn um 180 Grad und untersucht die Wunde erneut. Beim nächsten Versuch kippt er das Werkzeug kräftig um 180 Grad. Dann dreht er den Griff zwischen Daumen und Zeigefinger. Stets folgen eine Notiz und eine Zeichnung; Leo kann an Stifthaltung und Bewegungen gut auseinanderhalten, ob der Mann zeichnet oder schreibt.

00:12:35. Leo sieht auf die Zeitanzeige des Camcorder-Bildes. Allein mit dem Schraubenzieher hat sich der Mann fast zehn Minuten beschäftigt. Nun ist ein anderes Werkzeug an der Reihe, an dessen Griff sich eine lange Metallspitze befindet. Leo fällt der Name nicht ein. Er weiß aber, dass man es vor dem Bohren von Blech benötigt. Man schlägt mit einem Hammer darauf, wodurch eine Vertiefung im Blech entsteht und der Bohrer nicht mehr abrutscht. Der Mann geht mit diesem Instrument ähnlich systematisch vor wie mit dem Schraubenzieher. Für die Wunde im Fleisch braucht er weniger Kraft, aber die Experimente wiederholen sich. Alle Ergebnisse notiert er ordentlich in seinem Heft. Acht Minuten. Der Mann auf dem Kamerabild gewinnt an Übung. Bevor er ein neues Werkzeug vom Haken nimmt, wäscht er das eben benutzte im Waschbecken unter heißem Wasser ab.

Nach 45 Minuten sieht Leo auf dem Display, dass sie ungefähr in der Hälfte des gesamten Films angekommen sind. Er spürt ein unangenehmes Ziehen im Rücken. Seine Muskeln verkrampfen. Er muss sich gerade hinsetzen. Niemand sagt etwas. Seine Geschwister atmen lauter als sonst. Der Mann im Keller ist immer noch konzentriert bei der Arbeit. Der Unterschenkel ist inzwischen von Wunden bedeckt, dabei hat der Mann erst fünf Instrumente daran getestet. Leo erinnert sich an ein eBook, das er einmal mit besonderer Faszination gelesen hat. Marten hatte die ganze Familie mit eReadern ausgestattet. Was immer jemand auf dem einen kaufte, erschien automatisch auch auf den anderen. Das Buch, an das Leo jetzt denken muss, hieß »Schöner Sterben – Kleine Mordkunde für Krimifans«. Er wundert sich, dass er den Titel noch so genau im Kopf hat. Darin war genauestens beschrieben gewesen, welche Verletzungen bestimmte Waffen verursachten – wollte Marten vielleicht ein ähnliches Buch schreiben, oder hatten ihm die Details darin nicht genügt?

Leo drückt die Pausetaste. Seine Finger gehorchen ihm wieder. Er dreht sich um. Jennifer, Nathalie, Martha, alle drei Mädchen sehen ihn auf dieselbe Art und Weise an. Zweifel, gemischt mit Erschrecken, liegt in ihren Blicken. Auf Jennifers Stirn zeichnet sich eine tiefe Falte ab, die er an ihr noch nie bemerkt hat. Nathalies Gesicht verrät die wenigsten Gefühle. Sie hat die Lippen zusammengepresst und sieht über ihn hinweg in die Ferne. Marthas Gesicht ist blass. Ihre Lippen sind verzogen und leicht blau angelaufen. So sieht sie sonst immer aus, kurz bevor sie zu weinen beginnt, doch jetzt wirkt sie eigentümlich ruhig. Vielleicht ist sie über einen Tränenausbruch weit hinaus. Leo weiß nicht, ob das möglich ist. Er kennt sich selbst aber, wenn er übermüdet ist: Obwohl er sich dann todmüde fühlt, kann er einfach nicht einschlafen und wälzt sich ewig im Bett. Es fällt ihm schwer zu sprechen, er muss sich dazu überwinden.

»Was tut er da? Was soll das?«

Keine Antwort.

»Jennifer, sag doch was.«

Seine Stiefschwester räuspert sich.

»Harter Stoff«, sagt sie.

»Und das heißt?«

»Ich weiß nicht.«

»Er arbeitet im Keller mit Leichenteilen, oder?«

»Ja, aber sonst wissen wir nichts.«

Leo ist sprachlos.

»Jennifer at Rescht.« Leo ist überrascht, dass Nathalie sich auf die Seite seiner Stiefschwester stellt. Nein, er ist nicht überrascht, er ist enttäuscht und ärgert sich.

»Nun schau nicht so finster, Leo, lass misch erst einmal ausreden. Wir wissen, was wir gesehen aben, einen Mann im Keller, der an einem Unterschenkel experimentiert, nischt mehr und nischt weniger.«

»Ja, aber…«

»Wir sind uns doch sischer einig, dass das Körperteil nischt mehr lebendig war. Wir wissen aber nischt, wo-er es kommt.«

»Eben«, sagt Leo. »Was ist, wenn Marten sich den Unterschenkel durch einen … ihr wisst schon, besorgt hat?« Leo gerät ins Stottern, als er das Unglaubliche aussprechen will.

»Das ist doch Quatsch.« Jennifers Stimme ist tonlos. »Völliger Blödsinn. Papa ist nie und nimmer ein Verbrecher. Er schreibt nur darüber.«

»Es ist nischt völlig auszuschließen, dass er…« Nathalie verstummt, als ein böser Blick von Jennifer sie trifft. »Wir wissen es einfach nischt. Die wichtigere Frage ist im Moment: Was tun wir?« Nathalie sieht alle nacheinander an.

»Ich habe eine Idee«, sagt Martha. Sie spricht leise, wie immer, doch alle hören ihr zu. »Wir müssen mit Silke sprechen.«

Jennifer verschränkt die Arme vor der Brust. »Auf gar keinen Fall. Die hat doch keine Ahnung. Das muss alles unter uns bleiben, versteht ihr, unter uns!« Bei den letzten Worten hebt sie die Stimme. Ihre Augen funkeln. Leo kennt diesen Blick. Wenn Jennifer etwas will, kann sie unerbittlich sein.

Prompt lenkt Nathalie ein. »Wenn ihr meint. Misch geht es ja eigentlisch nichts an. Mir kommt Marten auch nischt unbedingt wie jemand vor, der über Leischen geht. Na ja, über Leischen vielleischt, aber nischt…«

Martha schluckt. »Trotzdem. Wir sollten mit Silke sprechen.« Dabei tritt sie von einem Bein auf das andere, als müsste sie zur Toilette.

»Wenn es Martha beruhigt?« Leo versucht es noch einmal. »Was ist denn schon dabei, mit Silke zu sprechen?« Tatsächlich ist er nicht so sicher, ob das wirklich eine gute Idee wäre. Er kennt seine Mutter und ihre manchmal hysterischen Reaktionen. Dass sie ihnen kein Wort glaubt und alles als Spinnereien hormonbelasteter Teenie-Gehirne abtut, wäre vermutlich die wünschenswerteste Reaktion.

Doch wenn sie Marten tatsächlich ein Verbrechen zutraut, wird sie unweigerlich zur Polizei gehen. Leo stellt sich vor, wie ein Sondereinsatzkommando das Haus umstellt. Vermummte Männer in weißen Schutzanzügen würden alle Zimmer durchsuchen, jede Matratze ausschütteln und jedes Blatt Papier umdrehen, schließlich Marten in Handschellen abführen und mit Blaulicht in Untersuchungshaft fahren. In der Schule wäre er der Sohn des perversen Massenmörders – wen interessiert schon, dass Marten nur sein Stiefvater ist. Und bis sich zwei Wochen später dann herausstellt, dass alles auf einem Missverständnis beruht, hätte sich sein Leben längst in ein absolutes Chaos verwandelt.

»Ja, Leo hat Recht.« Marthas Worte, die ein dankbarer Blick begleitet, holen ihn in die Wirklichkeit zurück. Gerade rechtzeitig, um Jennifers großen Auftritt mitzuerleben. Sie plustert sich auf, ihr Gesicht läuft rot an, es ist klar, dass sie etwas sagen will. Stattdessen dreht sie sich jedoch um, reißt die Tür auf, rennt hinaus und wirft sie mit lautem Krachen hinter sich zu.

»Rottorf, Redaktion Stadtbüttel. Wie erst heute bekannt wurde, haben Angestellte der Recyclingfirma Veolia am vergangenen Freitag in einem Müllbehälter den Torso einer männlichen Leiche gefunden. Polizei und Staatsanwaltschaft haben den Fund gegenüber dieser Zeitung bestätigt, halten sich jedoch aus »ermittlungstaktischen Gründen«, wie es heißt, mit weiteren Details zurück. df«

Leo liest sonst eigentlich keine Zeitung. Seine Mutter hält nicht viel von der Lokalpresse. Bedrucktes Papier ist sowieso nicht mehr zeitgemäß, findet Leo. Diese kleine Meldung etwa, sie wäre ihm beim Durchblättern des Altpapiers garantiert durch die Lappen gegangen. In die Suchmaschine hat er dagegen nur die richtigen Stichworte eingeben müssen – und gleich die erste Fundstelle klingt vielversprechend. Leider ist die Meldung nicht datiert. Was denken sich die Online-Verantwortlichen des Blattes bloß dabei, Texte ohne Datum in ihr System zu speisen?

»Grausamer Killer unterwegs?« Leo hat es mit einem neuen Suchwort probiert und »Leiche« durch »Torso« ersetzt. Die Meldung, die zu der Überschrift gehört, liest sich allerdings weniger spektakulär.

»Rottorf, Redaktion Helmstedter Nachrichten. Wie diese Zeitung aus gut informierten Justizkreisen erfahren hat, laufen die Ermittlungen in Sachen des im Müll aufgefundenen Toten auf Hochtouren. Die Polizei geht demnach von einem Mord aus. Sie vermutet anscheinend, dass bald noch weitere Leichenteile auftauchen werden. df«

Den letzten Satz hat sich der Redakteur mit dem Kürzel df wohl selbst ausgedacht. Der erste Satz hingegen ist eine Selbstverständlichkeit. Marten hat vor seinem Erfolg als Schriftsteller mal selbst in der Redaktion der Helmstedter Nachrichten gearbeitet und Leo vor einiger Zeit über die dort üblichen Arbeitsweisen aufgeklärt. Das Redaktionssystem erleichtert ihm die weitere Suche. Unter »Das könnte Sie auch interessieren« findet er eine weitere Meldung, die die Online-Redaktion ein paar Stunden später getippt haben muss.

»Rottorf. Wie aus gut informierten Kreisen zu erfahren ist, sorgt ein weiterer grausiger Fund bei den zuständigen Stellen für Aufregung. Polizei und Staatsanwaltschaft halten sich derzeit noch bedeckt, doch angeblich soll ein stadtbekannter Wohnungsloser, der in der Nähe sein Lager aufgeschlagen hatte, in einem Sperrmüllcontainer nahe der Stadtkirche einen kompletten menschlichen Arm gefunden haben. df«

Ob er diesem df schreiben soll? Leo wettet, dass seine E-Mail-Adresse df@zeitungsname.de lautet. Er rechnet sich selbst keine großen Erfolgschancen aus, probiert es dann aber doch mit einer Nachricht. Im Online-Impressum schlägt er den Namen des Journalisten nach. Dabei stellt er fest, dass in der Lokalredaktion der Zeitung nur ein einziger Redakteur arbeitet. Kürzel: df, vollständiger Name: Dieter Fresenius.

»Sehr geehrter Herr Fresenius, Ihre kurzen Berichte zu dem unbekannten männlichen Torso habe ich sehr aufmerksam gelesen. Gibt es dazu eventuell weitere Neuigkeiten, über die Sie noch nicht geschrieben haben?«

Hm, ob das so genügt? Sicherheitshalber fügt Leo als zweiten Satz ein, dass er natürlich immer zu den aufmerksamen Lesern des Herrn df gehöre, ja geradezu ein Fan von ihm sei. Er überlegt, ob er gar um ein Autogramm bitten soll, aber das scheint ihm dann doch zu dick aufgetragen.

Senden. Sein Computer gibt den gewohnten Klang ab. Leo hat gerade angefangen, noch ein paar andere Suchwörter zu testen, da hört er auch schon ein »Pling«. Er hat Post. Die neue Nachricht kommt von »df«. Sie ist so kurz, dass Leo schon enttäuscht an eine Abwesenheits-Mitteilung denkt. Doch Redakteur df meldet sich tatsächlich selbst. »Da habe ich was für Sie«, schreibt er, »das bringen wir morgen erst. Bitte unter uns behalten.«

An der E-Mail hängt eine PDF-Datei, die Leo anklickt. Sie ist größer als sein Bildschirm. Er muss die Grafik erst auszoomen, bevor er das blasse, fleckige Gesicht sehen kann. »Wer kennt diesen Mann?« steht in großen Lettern darüber. Der zugehörige Artikel erzählt, dass der groß abgebildete Kopf höchstwahrscheinlich zu dem Torso gehöre, der vor drei Tagen im Recyclinghof gefunden worden sei. Der DNA-Test zur endgültigen Bestätigung stehe zwar noch aus, aber da Kopf und Hals perfekt aufeinander passten, sei kaum ein Zweifel möglich. Auch ein Blutgruppen-Vergleich habe bereits Übereinstimmung ergeben. Dass das Foto nun in der Zeitung gelandet sei, habe die Polizei selbst veranlasst, weil sie mangels irgendwelcher Hinweise auf die Identität des Toten nicht weitergekommen sei. Der Kopf sei in einer Mülltüte in einem Papierkorb am Parkplatz »Neue Straße« aufgetaucht, wo ihn ein wohnungsloser Mitbürger gefunden habe.

Leo kennt diesen Mann nicht. Er sieht ihm in die Augen. Dazu muss er den Bildschirm seines Laptops etwas nach vorn kippen. Das Gesicht wirkt erstaunlich plastisch. Es scheint, als habe ihm ein Maler sämtliche Farben entzogen. Nur ein Abglanz früheren Lebens ist zurückgeblieben, der gegen den voranschreitenden Zerfall keine Chance hat. Leo versucht zu erkennen, ob der Mann blaue oder braune Augen hatte, doch er sieht nur Blässe.

Er liest den Artikel weiter, der im Vergleich zu den beiden Kurzmeldungen fast wie ein Roman wirkt. Jemand von der Polizei wird die Geschichte Dieter Fresenius diktiert haben. Der Kopf habe demnach mehrere Tage lang in freier Natur gelegen. In einer tiefen Schnittverletzung am Hinterkopf hätten sich bereits einschlägige Insekten eingenistet, mehr Details wolle man dem zarten Gemüt des Lesers nicht zumuten. Das Alter des Mannes liege zwischen 30 und 40. Er sei vermutlich kein deutscher Staatsbürger, er habe zwar mehrere Füllungen in seinen Zähnen gehabt, sei aber in den Patientenakten von Zahnärzten im näheren Umkreis nicht zu finden gewesen. Todesursache sei wohl ein Schlag mit einem breiten Werkzeug auf den Hinterkopf gewesen. Mit welchem Werkzeug Kopf und Körper getrennt worden seien, habe man noch nicht herausbekommen. Einschlägig bekannte Instrumente wie Skalpell oder Säge kämen wegen der seltsamen Schnittform nicht in Betracht. Jedenfalls suche man jetzt die Mithilfe der Bevölkerung. Wer diesen Mann gesehen habe oder ihn kenne, solle sich unter einer bestimmten Telefonnummer melden, notfalls auch anonym.

Leo scrollt das PDF nach unten. Dort findet er eine Grafik, die laut Bildunterschrift eine Rekonstruktion des Gesichtes des Toten darstelle. Die Redaktion betont stolz, dass dieses Bild nicht bei der Polizei, sondern in den eigenen Räumen entstanden sei. Leo weiß nicht, ob das für oder gegen die Abbildung spricht. Auf dieser Abbildung kommt ihm der Tote gleich viel bekannter vor, obwohl er ihm keinen Namen zuordnen könnte. Sieht so nicht der Hausmeister der Grundschule aus, die er früher besucht hat? Leo versucht, sich an dessen Namen zu erinnern, doch er fällt ihm nicht ein. Das Gesicht des Toten verschwimmt mit dem aller Menschen, die er jemals kennengelernt hat, zu einem unentwirrbaren Knäuel.

Ha! Kaum denkt er nicht mehr an den Hausmeister, ist auch der Name wieder da. Maier, er erinnert sich. Herr Maier hatte immer den Pausenbrotverkauf geleitet. Leo hatte sehnsüchtig zugesehen, wie seine Mitschüler Cola, Wurstsemmeln, Schokoriegel und Pizzastücke kaufen durften, während ihm seine Mutter ein mit Biogemüse belegtes dunkles Biobrot in seine Brotzeitdose gepackt hatte. Und wehe, er brachte sie nicht leer mit nach Hause. Nein, Schläge gab es dafür nicht, es gab nie Schläge, aber ewig dauernde Predigten, bei denen seine Mutter dieselben Argumente in verschiedener Reihenfolge wiederholte. Wenn sie je erfahren hätte, dass er die Brote manchmal an Hunde verfüttert hatte… Aber Maier, klar. Ob das wirklich Herr Maier war, sollte sich leicht klären lassen. Der Hausmeister hat noch immer seine Wohnung im Dachgeschoss der Schule und lässt sich dadurch trotz des häufigen Namens schnell aufspüren. Leo holt sich das Telefon aus dem Flur und tippte die Nummer vom Bildschirm ein. Es klingelt. Es klingelt. Es klingelt. Der Anrufbeantworter meldet sich.

»Hallo, Sie haben bei Familie Maier angerufen. Leider können wir zurzeit nicht ans Telefon gehen. Sie können uns aber gern eine Nachricht hinterlassen.«

»Ja, hier ist Leo.« Er zögert kurz und überlegt, welchen Namen er nennen soll. »Also Leo Müller«. Er weiß auch nicht, warum er nicht seinen richtigen Namen nennt. »Ich würde gern Herrn Maier sprechen. Es ist, weil mein kleiner Bruder hat etwas in der Schule vergessen, sein…«

Es knackt in der Leitung, dann meldet sich eine weibliche Stimme. Sie klingt belegt, fast wie aus der Übung. Leo kann kein Alter heraushören.

»Herrn Maier gibt es hier nicht mehr«, sagt die Frau. »Du brauchst es nicht noch mal zu probieren.« Dann legt sie grußlos wieder auf.

Leo überlegt. Der Tote soll Ausländer gewesen sein – das trifft auf Herrn Maier sicher nicht zu. Und die Reaktion der Frau am Telefon klang eher nach verlassener Ehefrau. So ungefähr beantwortet seine Mutter auch immer telefonische Fragen nach ihrem Ex-Mann. Soll er bei der Polizei anrufen? Für zweckdienliche Hinweise ist ja immerhin eine kleine Belohnung ausgesetzt. Aber seine Erinnerung ist dann wohl doch zu dünn.

Er nimmt den Laptop vom Schreibtisch, stöpselt das Stromkabel ab und klopft an der Zimmertür seiner Stiefschwester. Jennifer tippt gerade gelangweilt auf ihrem Handy. Leo zeigt ihr seine Fundstücke.

»Eine Leiche ohne Kopf? Cool.« Jennifer nickt und schaut wieder auf ihr Smartphone.

»Und da, einen einzelnen Kopf haben sie auch gefunden«. Sie liest den Absatz, auf den Leo zeigt.

»Ein Ausländer. Wer weiß, wie der hierher kommt. Vielleicht ein Mafia-Ding. Die betonieren ja auch gern mal jemanden ein.«

»Hallo? Abgetrennte Gliedmaßen. Fällt dir nichts auf?«

»Leo, nun mach keinen Stress.« Jennifer sieht ihn von unten herauf an. »Du meinst doch nicht ernsthaft, dass Papa nachts in der Gegend herumläuft und Leute umbringt?«

»Was weiß ich denn? Aber du musst zugeben, es ist schon ein seltsamer Zufall.«

»Ach was. Ich wette, es werden dauernd irgendwo Tote ohne Gliedmaßen gefunden. Komm, wir googeln das mal schnell.« Jennifer steht auf und greift nach seinem Notebook. Doch diesmal hilft die Suchmaschine nicht weiter, die Ergebnisliste bei den Nachrichtenseiten bringt keinen neuen Fundstellen.

»Ist ja auch egal«, sagt Jennifer. »Ich weiß, dass Papa zu so etwas gar nicht fähig ist. Er kann ja nicht mal deiner Mutter Paroli bieten.«

Ja, fast jeder scheint zu denken, dass sein Stiefvater unter dem Pantoffel steht. Dabei ist er nur schlau genug, seinen Willen über Umwege durchzusetzen. Seine Mutter hingegen sagt zu oft ihre Meinung und eckt dann an. Leo hat das vor zwei Jahren erstmals durchschaut, als es zu einem größeren Streit zwischen Silke und Marten gekommen war. Er geht zurück in sein Zimmer. Von Jennifer hat er wohl keine Unterstützung zu erwarten. Nathalie hat sich etwas zurückgezogen – als wäre sie eben erst in das Haus eingezogen. Martha darf er nicht weiter belasten.

Hatte die Zeitung in ihrer zweiten Meldung nicht einen stadtbekannten Wohnungslosen erwähnt? Bis zum Abendessen ist noch Zeit. Leo hat eine ziemlich deutliche Ahnung, wer dieser Mensch sein könnte, deshalb beschließt er, ihn zu suchen. Was er von ihm erwartet, weiß er nicht.

Mit dem Fahrrad erreicht er die Stadtkirche schneller, als er es sich selbst zugetraut hätte. Die Fahrt hat ihm den Atem geraubt. Der Mann, den er sucht, hält sich dort auf, wo er ihn erwartet. Zwischen zwei niedrigen Häusern ist eine Lücke, etwa anderthalb Meter breit, in die jemand eine Holzpalette verkeilt hat. Darüber liegt eine Plane, die den Regen abhält. Als Rückwand der Unterkunft dient ein altes Ikea-Regal. Der einzige Bewohner sitzt auf einem Plastik-Campingstuhl. Er ist, da hat die Zeitung Recht, stadtbekannt. Während der üblichen Arbeitszeiten sieht man ihn durch das Stadtzentrum streifen. Er trägt stets einen Anzug, darunter im Sommer ein Hemd, im Winter einen Pullover. Wenn es zu kalt wird, kommt ein ausgeblichener Mantel dazu. Seiner Kleidung ist ihr Alter anzusehen, doch sie ist immer sauber. Alle nennen den Mann Professor.

Um sein Leben zu finanzieren, durchsucht er Müllbehälter auf für ihn noch brauchbare Gegenstände; was er findet, verstaut er in einer Aktentasche. Leo hat gehört, dass der Professor früher einmal tatsächlich an einer Hochschule gearbeitet haben soll. Dann sei seine Frau gestorben, er habe aus Kummer nicht mehr arbeiten können und schließlich zuerst seinen Job verloren, dann seine Wohnung. Leo weiß nicht, ob das stimmt. Angeblich habe er auch einen erwachsenen Sohn, der ihm jedoch nicht helfen wolle. Ob der alte Mann ihm helfen würde?

»Guten Tag, Herr Professor.« Leo kann sich nicht erinnern, ihn schon jemals sprechen gehört zu haben. Wenn er in der Stadt unterwegs ist, nickt er allen Passanten freundlich zu, doch niemand unterhält sich je länger mit ihm. Vielleicht haben die Menschen Angst, dass Unglück ansteckend sein könnte?

»Guten Tag.« Seine Stimme ist hoch und trägt nicht weit. Leo stellt sich vor, wie der Professor früher in einem großen Saal voller Studenten gesprochen haben muss.

»Was kann ich für dich tun?« Der Mann lächelt. Seine Zähne sind tadellos, und er ist perfekt rasiert.

»Willst du dich setzen?« Wenn Leo ihn früher aus der Ferne gesehen hat, hatte er stets ein wenig Angst verspürt.

Doch aus der Nähe bleibt davon nichts. Der Professor scheint harmlos.

Leo nickt. Der alte Mann steht auf und bietet ihm seinen Stuhl an. »Nein, das meinte ich nicht. Ich kann sehr gut stehen, vielen Dank. Ich habe bloß eine Frage.«

»Nur zu, ich habe Zeit.« Der Professor lächelt wieder.

»Hier soll doch ein Arm gefunden worden sein.« Leo hat sich entschlossen, nicht lange drumherum zu reden.

»Ja, ich habe ihn gefunden, da vorn im Container.«

»Können Sie mir vielleicht mehr dazu sagen?«

»Aber gern, warum nicht. Die Polizei hat mich zwar auch schon ausgefragt, aber sie haben mir nicht verboten, mit anderen darüber zu reden.«

»Wie haben Sie den Arm denn gefunden?«

»Ich habe schon viele wertvolle Dinge aus dem Container gerettet, deshalb schaue ich fast jeden Tag nach, ob jemand etwas Brauchbares weggeworfen hat. Der Stuhl hier, den habe ich auch so gefunden. An dem Tag bin ich von meiner Arbeit in der Stadt zurückgekommen, und da lag eine blaue Plastiktüte im Container. Ich habe daran gezogen und gleich gemerkt, dass der Inhalt ziemlich schwer ist. Und da habe ich eben nachgesehen. Du weißt ja wohl aus der Zeitung, was damit ans Tageslicht kam. Der Journalist hat auch mit mir gesprochen. Als ich später den Artikel las und keinerlei Zitat von mir fand, war ich schon ganz schön enttäuscht. Aber ein Detail habe ich vergessen, ihm zu erzählen. An der Hand fehlte der Zeigefinger.«

Leo ist außer Atem und schwitzt. Er stellt sein Fahrrad neben der Haustür ab. Der Ständer klemmt mal wieder. Abschließen muss er es nicht, sie wohnen hier schließlich fast auf dem Land. Leo öffnet die Haustür und erschrickt. In dem kleinen Vorraum ist Marten gerade dabei, sich einen Mantel anzuziehen.

»Ups«, sagt Marten, der ebenfalls zusammengezuckt ist. »Wo kommst du denn her? Beim Lebensmittelhändler gewesen?«

»Hm.« Leo hat schon seine Schuhe ausgezogen und will die Tür zum Flur öffnen.

»Was ich dich fragen wollte …« Marten hält ihn am Ärmel fest. »Hast du eine Ahnung, was mit den Mädels los ist?«

»Wieso, was soll denn los sein?«

»Martha ist so einsilbig, sie sagt gar nichts mehr. Und Jennifer ist plötzlich ganz nett. Habt ihr was ausgefressen?«

»Nicht dass ich wüsste.«

»Ist schon klar, du kannst mir natürlich nichts sagen.« Marten will ihn scherzhaft in die Seite boxen, doch Leo kann gerade noch ausweichen.

»Wenn ihr was Ernstes habt, sagt ihr es mir bitte, okay? Aber vielleicht kommt Martha ja auch nur in die Pubertät. Ich weiß noch, als Jennifer…« Er beendet den Satz nicht und scheint in die Vergangenheit einzutauchen.

»Egal. Ich lauf noch mal eine Runde.« Marten geht am liebsten allein spazieren. So kann er am besten über seine Geschichte nachdenken, sagt er immer. Eine Runde über die Feldwege hinter dem Haus dauert etwa eine halbe Stunde.

»Ach ja, war einer von euch in meinem Arbeitszimmer? Du weißt, ich mag das nicht. Es ist manchmal harter Tobak, womit ich mich befasse, und ich will nicht, dass euch das belastet.« Marten schaut ihm direkt in die Augen, wie um seine Reaktion zu prüfen. Leo schüttelt den Kopf. Er erwidert den Blick und schafft es, nicht rot zu werden.

»Na, vielleicht hat deine Mutter ja wieder mal irgendwas gesucht. Ist ja meine eigene Schuld, wenn ich die Tür offen lasse.«

Leos Stiefel sind so schwer, dass jeder Schritt mühsam ist. Er schaut an sich herunter. Die Stiefel glänzen, wenn ein Lichtstrahl sie trifft. Ihr Schatten ist absolut schwarz und scharf abgegrenzt. Leo versucht, noch weiter nach unten zu sehen, doch das Nackengelenk seines Helmes sperrt sich dagegen. Im Bullauge direkt vor ihm erkennt er die Erde. Ihr Blau nimmt das gesamte Blickfeld ein. Jetzt weiß Leo, dass er träumt. Er liebt diese Träume, die sich ihm als solche zu erkennen geben. Er sieht zur Seite. Ein schmaler Gang verbindet die kleine Kapsel, in der er sich befindet, mit einem größeren Raumlabor. Die Luke, die sonst den Durchgang versperrt, ist weit geöffnet. Leo läuft darauf zu. Die Stiefel helfen ihm mit ihren Magnetsohlen, die fehlende Gravitation auszugleichen. Er bewegt sich durch die Raumstation, als stapfe er durch tiefen Schnee.

Leo muss sich bücken, als er durch die Luke klettert. Das Labor dahinter ist leer. Er ist offenbar ganz allein auf diese Mission geschickt worden. Noch weiß er nicht so recht, was seine Aufgabe ist. Er untersucht die Einrichtung. Auf zwei Tischen sind Experimente aufgebaut, deren Natur er nicht durchschaut. Hätte man ihm nicht wenigstens eine Anleitung dazulegen sollen? In der Ecke hängt ein leerer Raumanzug an einem Haken. Warum trägt er eigentlich selbst einen solchen Anzug? Er nimmt den Helm ab. Die Luft riecht abgestanden und nach Maschinenöl, aber sie ist gut.

Leo atmet tief durch, dann geht er zu dem leeren Raumanzug hinüber. Das Glas des Helms spiegelt so stark, dass er nicht hineinsehen kann. Leo stellt sich auf die Zehenspitzen, was in Magnetstiefeln gar nicht so leicht ist. Er muss erst den Knopf suchen, der die Magnete deaktiviert, ehe er in den Helm hineinschauen kann. Er zuckt zurück. Martha starrt ihn mit weit aufgerissenen Augen an. Wie ist sie in den Raumanzug gekommen? Ihr Mund bewegt sich, doch er hört nicht, was sie sagt. Er muss ihr den Helm abnehmen. Es sieht fast so aus, als bekomme sie keine Luft. Leo greift nach dem Verschluss, der an der Rückseite des Helms sitzt, doch die Mechanik bewegt sich nicht. Er schafft es nicht, den Helm zu öffnen, der seine Stiefschwester am Atmen hindert.

Bei Träumen, die er bewusst erlebt, ist das normalerweise der Moment, in dem er in die Handlung eingreift, sie so verändert, dass sie nicht mehr bedrohlich wirkt. Doch diesmal gelingt es ihm nicht. Das Ich, das seiner träumenden Seele zuschaut, verharrt regungslos an Ort und Stelle. Leo kann es sehen. Es hat die Arme vor dem Körper verschränkt und den Mund zu einem Strich verschlossen. Marthas Helm lässt sich nicht öffnen. Wenn er ihn nicht bald aufbekommt, wird sie ersticken. Leo spürt, wie Panik in ihm aufsteigt. Sie wird immer stärker, gleich wird er die Kontrolle verlieren. Hektisch zerrt er an dem Raumanzug, es muss doch irgendetwas zu machen sein!

Dann hält er den Arm des Anzugs in der Hand. Er ist schwer, als wäre er aus Metall geformt und gehörte eigentlich zu einem Roboter. Der Arm bewegt sich von allein. Er greift nach dem Helmverschluss und öffnet ihn spielerisch leicht. Leo hört Marthas tiefe Atemzüge, die von einem jappsenden Geräusch begleitet werden. Jetzt glänzt der Arm des Weltraumanzugs nicht mehr metallisch. Seine Oberfläche überzieht sich mit Haut, auf der dünne, dunkle Haare sprießen. Die Hand, eben noch unförmig und mit motorisierten Gelenken versehen, besteht aus zartgliedrigen, langen Fingern. Es ist sein Arm, seine Hand, an der, jetzt erkennt er es deutlich, ein Finger fehlt. Jemand zieht an seiner Hand.

»Leo, ich kann nicht schlafen«, flüstert eine Stimme direkt an seinem Ohr. Martha hält seine Hand fest. Leo entzieht sie ihr und fährt hoch. Alle Finger sind noch da.

»Was ist denn los?«

»Ich weiß nicht. Immer, wenn ich einschlafe, überfällt mich derselbe Traum. Du weißt ja, der mit dem Finger.«

»Du musst aber schlafen, sonst kommst du morgen gar nicht durch den Tag.«

»Ich habe es schon ganz lange probiert. Es geht nicht.«

»Und wenn du versuchst, beim Einschlafen an etwas Schönes zu denken? An die Sommerferien vielleicht?«

»Das hilft auch nichts. Ich glaube, ich kann das nicht, alles für mich zu behalten.«

»Nein? Martha, wenn es nicht anders geht, dann sprichst du eben deinem Papa. Oder mit Silke. Ich weiß nicht, was besser ist.«

»Und Jennifer? Die wird dann bestimmt wütend.«

»Ach, die beruhigt sich schon wieder, mach dir da keine Sorgen. Du musst tun, was gut für dich ist.«

»Okay. Du hast bestimmt Recht.«

»Denk dran, was dein Papa immer sagt. Alles wird gut.«

In der Nacht hört Leo laute Worte aus dem Zimmer seiner Schwester. Streiten die beiden? Er versteht nicht mehr, worum es geht, weil er erneut im Schlaf versinkt.

5

Leo dreht den Schlüssel einmal herum, dann noch einmal. Er wundert sich, dass die Haustür abgeschlossen ist. Dabei müssten eigentlich Marten und Martha zuhause sein. Marten, weil er sowieso nicht zur Arbeit muss, Martha, weil sie an diesem Wochentag normalerweise als erste aus der Schule kommt. Im Vorraum hängen keine Jacken. Entweder hat also Silke aufgeräumt, oder es ist wirklich niemand da. Leo zieht die Schuhe aus und betritt den Flur. Obwohl er weiß, dass es sinnlos ist, versucht er es mit einem »Hallo«.

Keine Antwort. Es ist so ruhig im Haus, dass er meint, sogar ein leises »allo« als Widerhall zu hören. Es war ihm noch nie aufgefallen, dass der Flur ein Echo produziert. Über die Treppe geht er in den ersten Stock. Alle Zimmer sind leer, die Betten ungemacht wie am Morgen, als sie das Haus verlassen haben. Vielleicht unternimmt Marten gerade einen Spaziergang und hat Martha mitgenommen? Leo verschiebt die Hausaufgaben auf später und beschließt, ebenfalls eine Runde zu gehen. Wenn er entgegen dem Uhrzeigersinn läuft, müsste er die beiden eigentlich treffen. Er nimmt wie immer den Camcorder mit.

Draußen scheint die Sonne, doch die Luft ist kühl. Leo fröstelt, zieht die Jacke eng um sich und schiebt den Kragen hoch. Der Wind kommt von Norden. Er läuft um das Haus herum. Der Weg führt an einer hohen Hecke vorbei. Auf der anderen Seite hat der Nachbar eine braune Holzwand aufgestellt, damit man nicht in seinen Garten sehen kann. Deshalb ist es hier immer schattig. Auf dem Weg breitet sich Moos aus. Leo spürt es weich unter den dünnen Sohlen seiner Sportschuhe.

An der Pforte des Nachbargartens bleibt er stehen. Die niedrige Tür bewegt sich im Wind hin und her. Im Haus scheint es ruhig zu sein. Die Fenster blicken ruhig in den kleinen Garten, in dessen Mitte der Nachbar einen Swimmingpool gegraben hat. Leo erinnert sich an den Sommer vor zwei Jahren. Der Nachbar hat alles selbst gemacht – mit seinen eigenen Händen ein riesig scheinendes Loch gebuddelt, die Wasserrohre verlegt, die Elektrik installiert.

Der Pool bleibt auch im Winter halb voll. Der Nachbar hat ihm erklärt, dass so der Beckenboden geschützt wird. Eine Plane soll in dieser Zeit dafür sorgen, dass kein Schmutz in den Pool fällt. Noch ist es nicht warm genug zum Baden, doch vor einer Woche hat der Nachbar die Plane entfernt. Sieht schöner aus, meinte er, und dass er dann den Pool öfter reinigen müsse, störe ihn nicht. Auf der Wasseroberfläche schwimmen ein paar Blätter.

Leo wirft einen letzten Blick in den Garten. Etwas zurückgesetzt steht eine Bank, die mit einem Überzug abgedeckt ist. Davor liegt etwas, das halb ins Wasser gerutscht ist, was es ist, kann Leo nicht erkennen. Er hebt die Kamera ans Auge und sieht schwarz. Die Kappe. Das passiert ihm sonst nie. Wenn seine Mutter die beim Fotografieren vergisst, lacht er immer. Er nimmt den Objektivdeckel ab und schaltet den Camcorder ein, drückt den Zoomhebel und holt das Motiv näher heran. Der Camcorder braucht etwas, bis das Bild scharf ist. Der Motor summt, das Objektiv fährt hin und her. Leo drückt instinktiv auf den Aufnahmeknopf.

Dann hat er ein Bild vor Augen, das sein Gehirn nicht akzeptieren kann. Er öffnet die Gartentür und schließt sie hinter sich, läuft er über den sauber geschnittenen Rasen zum Pool. Ihm wird kalt. Er friert, wie er noch nie gefroren hat. Es ist eine Kälte, die ihm völlig unbekannt ist. Sie greift von hinten nach ihm, als wolle sie ihn festhalten. Er wehrt sich, und sie bestraft ihn, indem sie sich in seinen Magen krallt. Er hat ein riesiges Stück Eis im Bauch, das mit seinem Gewicht jeden seiner Schritte zu einer übermäßigen Anstrengung werden lässt. Die Kälte breitet sich auf seine Glieder aus, obwohl er noch gar nicht registriert hat, was da vor ihm liegt. Kalte Tropfen rollen an seinen Wangen herunter. Ist das Schweiß? Leo wischt sich die Stirn, doch die Tropfen kommen direkt aus seinen Augen.

Es sind Tränen, das merkt er im selben Moment, als sich das Ding vor ihm auf dem Boden in Martha verwandelt. Martha, deren Körper auf dem Beckenrand und deren Kopf im Wasser liegt, die ihn mit offenen Augen ansieht, als wäre sie nur leicht erstaunt. Er lässt den Camcorder fallen. Das Gerät prallt auf die Fliesen des Beckenrands. Ein scharfes Geräusch von brechendem Plastik, doch Leo hört es nicht. Der Camcorder dreht sich um die eigene Achse, bis er über den Rand des Pools ins Wasser fällt. Das rote Aufnahme-Auge leuchtet noch. Das Video auf dem Speicherchip wird später lange, dunkelblonde Haare zeigen, die sich wie in Zeitlupe im Wasser bewegen. Unscharf im Hintergrund sieht man einen jungen Mann, der langsam zur Seite kippt.

Er erwacht in einem engen Raum. Leo will aufstehen, doch ein Gurt bindet ihn an sein Lager. Sein Gleichgewichtssinn sagt ihm, dass der Raum sich bewegt, er hört Motorengeräusch. Sein Gehirn arbeitet langsam. Er muss sich in einem Krankenwagen befinden. Er hat noch nie einen Krankenwagen von innen gesehen. Er hasst es, während der Fahrt nicht nach draußen sehen zu können. Warum liegt er überhaupt hier? Hatte er einen Unfall? Er fühlt sich frisch und will aufstehen, da hört er ein leises Geräusch. Es kommt von dem Menschen, der neben seinen Füßen auf einem Klappsitz hockt. Obwohl sie ihm den Rücken zuwendet, erkennt Leo, dass es eine Frau ist. Ihre Schultern sind auf eine Art zusammengesunken, wie er es noch nie bei einem Mann gesehen hat.

Sie weint leise, ab und zu schnieft sie durch die Nase. Als er den Kopf hebt, um sie besser sehen zu können, dreht sie sich zum ihm um. Leo erschrickt. Es ist eine alte Frau, und es ist seine Mutter. Ihre Hand berührt seinen Arm. »Alles wird gut«, sagt ihre Stimme, die seltsam vibriert. Leo dreht den Kopf zur Seite. Ihre Augen verraten, dass sie selbst nicht daran glaubt.

»Weißt du noch, was passiert ist?« Seine Mutter wischt sich mit dem Ärmel ihrer weißen Bluse über das Gesicht. Leo sieht dunkle Spuren auf dem Stoff, in der Farbe ihres Augen-Make-ups. Er nickt und überlegt, was mit seiner Kamera passiert sein könnte. Das muss er unbedingt herausbekommen. Er glaubt, wenn er über irgendetwas anderes nachdenkt, muss er sich übergeben. Nein, er wird sich nicht übergeben, er muss nie erbrechen, nicht mal bei einer Magen-Darm-Grippe, der darf nicht, weil sonst statt seiner dann ein alter Mann auf dieser Krankentrage liegen wird, davon ist er überzeugt. Leo merkt, wie eine dumpfe Panik in ihm aufsteigt. Er will diese Gedanken nicht. Er will nicht. Er muss sich zusammenreißen und an seinen Camcorder denken. Der Camcorder. Eine gute Idee. Leo merkt, wie die panische Stimmung abebbt.

»Ich muss nicht ins Krankenhaus, mir geht es schon wieder gut«.

»Die Ärzte wollen dich in der Helios Klinik Helmstedt untersuchen. Du bist gestürzt, vielleicht hast du dir was gebrochen oder so.« Seine Mutter spricht sonst immer in fast druckreifen Sätzen.

»Nein, mir fehlt nichts.« Leo tastet mit einer Hand seinen Kopf ab. Er findet weder Verbände noch Wunden, nicht einmal eine kleine Beule. »Siehst du, alles gut.«

»Vielleicht hast du eine Gehirnerschütterung. Du warst bewusstlos.«

»Mir geht es gut, ich will lieber nach Hause.«

Seine Mutter zieht die Augenbrauen zusammen. Leo sieht, dass sie mit sich kämpft.

»Ein bisschen Abstand wäre vielleicht gar nicht schlecht.«

»Im Krankenhaus ist es furchtbar. Willst du mich da ganz allein lassen?«

»Nein, natürlich nicht, aber es ist alles so furchtbar. Vielleicht ist es wirklich besser für dich, wenn du erst einmal woanders bist. Ich weiß gar nicht, ob ich mich genügend um dich kümmern kann. Am liebsten würde ich mich selbst in Narkose versetzen lassen. Wenn ich dann aufwache, war alles vielleicht nur ein böser Traum.«

»Mama, ich bin alt genug, wirklich.«

Sie dreht sich um und spricht mit dem weiß gekleideten Mann, der schräg hinter ihr sitzt. Leo hatte ihn bisher gar nicht bemerkt. Er wirkt wie ein Arzt, ist aber höchstens Anfang 20. Die beiden sprechen leise, deshalb dringen nur Wortfetzen zu Leo durch. »Einsatz bezahlen« hört er, und »eigene Verantwortung«. Seine Mutter schüttelt den Kopf, dann nickt sie. Der Krankenwagen wird langsamer. Als er zum Stehen kommt, erhebt sich der Mann und löst die Verriegelung der Tür. Sie wird von draußen geöffnet, zwei andere Männer, ebenfalls weiß gekleidet, stehen bereit. Der junge Mann macht Abwehrbewegungen mit den Händen. Seine Kollegen schauen verblüfft, dann entfernen sie sich. Leos Mutter öffnet den Gurt.

»Auf geht's«, sagt sie. »Wir müssen allein wieder nach

Hause.« Leo befürchtet, dass er einen wackligen Eindruck machen könnte, doch sein Kreislauf funktioniert bestens, mit festem Boden unter den Füßen fühlt er sich stark. Die helle Sonne draußen blendet ihn.

»Warte, ich rufe ein Taxi«. Seine Mutter telefoniert mit dem Handy. Fünf Minuten später fährt ein hellgelbes Taxi in die Krankenhaus-Einfahrt.

Das Taxi muss an der Marktstraße halten, weil die Einfahrt zu der kleinen Nebenstraße blockiert ist, in der sich ihr Haus befindet. Zwei Polizei-Fahrzeuge parken nebeneinander. Nachbarn, die mit ihren Hunden einen Spaziergang unternehmen, sind vor der Einfahrt stehen geblieben und unterhalten sich leise. Neugierig sehen sie zu, wie Leo aus dem Taxi steigt. Leo grüßt sie höflich, was ihnen irgendwie peinlich zu sein scheint. Er hält die Hand über die Augen, weil die Sonne blendet.

Ein Polizeibeamter in grüner Uniform kommt auf ihn zu. Er trägt einen Schnurrbart und eine Brille mit unförmig breiten Rändern. Er sagt auf ostfälischem Platt:

»Das ist gut, dass Sie kommen, mein Chef würde Sie gern sprechen«.

»Kommen Sie bitte mit ins Haus? Muss ja nicht jeder zuhören.«

Um das Haus zu erreichen, müssen sie am Garten der Nachbarn vorbei. Hinter der Wand, das weiß Leo, befindet sich der Pool. Um nicht daran denken zu müssen, konzentriert er sich auf seinen Camcorder. Wo mag die Kamera bloß abgeblieben sein?

Der Chef des Polizisten wartet in der Küche auf sie. Er trägt keine Uniform.

»Ich würde gern mit Ihrem Sohn allein sprechen. Darf ich das? Ich muss Sie darauf aufmerksam machen, dass Sie mir die Genehmigung nicht erteilen müssen.« Der Mann spricht seltsam kompliziert, findet Leo. Ob er auch so denkt?

Seine Mutter nickt. »Ist in Ordnung, machen Sie Ihre Arbeit.« Sie umarmt Leo. Er spürt, dass ihre Wange feucht ist. Dann geht sie ins Wohnzimmer nebenan und schließt die Tür hinter sich.

»Du heißt Leo?« Der Mann macht sich Notizen, während er mit ihm spricht. »Ach, entschuldige, darf ich dich duzen?«

»Nichts dagegen. Ja, so heiße ich.«

»Ich muss dich das alles fragen, was jetzt kommt. Halte mich bitte nicht für herzlos. Deine Schwester, genauer gesagt deine Stiefschwester Martha, ist aus bisher ungeklärten Gründen gestorben. Vermutlich war es ein Unfall, aber mit Vermutungen dürfen wir uns nicht zufrieden geben. Ich bin dafür zuständig, die Umstände genau zu klären. Dazu musst du mir unbedingt alles sagen, was du gesehen hast.«

»Ja.«

»Als du aus der Schule heimkamst, wer war da im Haus?«

»Niemand.«

»Ist das immer so?«

»Nein, normalerweise ist Martha vor mir da, und mein Stiefvater arbeitet ja zu Hause.«

»Aber sie waren beide weggegangen?«

»Ihre Jacken hingen nicht im Flur. Martha wirft ihre Jacke meist einfach in die Ecke, aber heute war alles ordentlich.«

»Hast du im ganzen Haus nachgesehen, ob vielleicht doch jemand da ist?«

»In Marthas Zimmer war ich, bei Marten nicht. Er mag es nicht, wenn wir in sein Arbeitszimmer gehen.«

»Was ist mit deiner älteren Stiefschwester?«

»Die kommt normalerweise später. Ihre französische Freundin Nathalie auch.«

»Warum bist du dann in den Garten der Nachbarn gegangen?«

»Man kommt da ja automatisch dran vorbei. Ich habe bloß einen Blick über die Tür geworfen, und dann sah ich da etwas beim Pool.«

»Und du hast nachgesehen? Hattest du keine Angst, dass es Ärger mit dem Nachbarn gibt? Oder seid ihr öfter dort?«

»Ich habe erst mal durch das Zoom meiner Kamera geschaut. Aber ich konnte nicht glauben, was ich sah. Ich musste hingehen.«

»Weißt du, ob jemand im Nachbarhaus war?«

»Es schien alles ruhig zu sein.« Jetzt wundert sich Leo darüber. Die Hunde der Nachbarn, kleine Kläffer, schlagen normalerweise sofort an, wenn jemand ihr Revier betritt, selbst wenn sie im Haus eingesperrt sind. Soll er das dem Polizisten sagen?

»Hast du deine Schwester angefasst, als du sie da liegen sahst?«

Leo will nicht daran denken. Er spürt noch immer die Reste des Eisklumpens in seinem Magen.

»Ich weiß es nicht, tut mir leid. Ich bin, glaube ich, gleich gestürzt und habe nichts mehr gespürt.« Ihm scheint, als sei er endlos lange gefallen. Die Luft hatte sich mit aller Kraft gegen seinen Sturz gewehrt. Er war wie in Watte eingetaucht. Dann war die Luft geronnen. Seine Atmung hatte ausgesetzt, und sein Inneres hatte sich mit einer unerwarteten Fröhlichkeit angefüllt. An dieses Glücksgefühl zu denken, versetzt ihm einen Stich.

»Leo, bist du noch da? Sollen wir doch lieber einen Arzt holen?«

»Alles gut, danke.« Er wundert sich, wie leicht er diesen Satz ausspricht. Man soll doch der Polizei gegenüber nicht lügen?

»Wir müssen nur wissen, ob du Martha berührt hast, damit wir ihren Sturz rekonstruieren können. Du musst dir keine Vorwürfe machen, du hättest ihr nicht mehr helfen können.«

Leo hat es geschafft. Er hat sich in zwei Menschen aufgeteilt. Das war ihm zum ersten Mal gelungen, als seine Eltern ihm ihre Trennung angekündigt hatten. Der eine Leo hatte geweint. Der andere hatte die Zukunft geplant. Er würde nun der Mann im Hause sein. Diesmal fühlt sich Leo Eins von dem Wort »Vorwürfe« getroffen, und Nummer Zwei sieht ihm kühl dabei zu. Woher will der Mann denn so genau wissen, dass er Martha nicht noch hätte helfen können, wäre er nicht wie ein Schwächling umgefallen?

»Schon klar.« Sein zweites Ich übernimmt die Regie. Er schafft es sogar, ein Lächeln auf die Lippen zu pressen. »Nein, ich habe Martha nicht berührt, jedenfalls nicht mit Absicht.«

»Deine Mutter sagt, du bist auch nicht über sie gefallen. Wenn wir ihre Lage damit als gegeben voraussetzen können, ergibt sich ein deutliches Bild. Deine Stiefschwester muss über den Rand der Plane gestolpert sein. Sie fiel so unglücklich, dass ihr Kopf auf die Fliesen aufschlug. Dadurch wurde sie bewusstlos und rutschte ins Wasser. Sie ist ertrunken. Dass sie nicht ganz hineingerutscht ist, daran ist auch die Abdeckung schuld, in deren Kordel ihr Fuß hängen geblieben ist. Hätte die Plane ordentlich über der Bank gelegen, wäre wohl nichts passiert. Aber das ist dem Nachbarn nicht vorzuwerfen, schließlich hatte Martha in seinem Garten nichts zu suchen.«

»Sie war aber trotzdem da.«

»Ja, das ist die einzige Frage, die wir noch nicht beantworten können. Was hat sie dort gesucht?«

Szenenwechsel

Leo mag eigentlich keine Quiche, doch er zwingt sich, das Stück auf seinem Teller zu essen. Es ist noch warm. Nathalie hat die Quiche gebacken. Sie sitzen zu dritt auf dem Fußboden in Leos Zimmer.

»Vegetarisch«, sagt Nathalie. »Als isch gestern alles vorbereitet abe, abe isch extra aufgepasst, weil Martha doch kein Fleisch isst.«

Leo ist ihr dankbar, dass sie von seiner Stiefschwester in der Gegenwart spricht. Es fühlt sich falsch an, dass sie zu dritt hier sitzen und Quiche essen. Nathalie hatte darauf bestanden. Sie müssten doch etwas essen, um bei Kräften zu bleiben. Eigentlich hatte sie längst nach Hause fahren wollen, doch die Polizei hatte sie gebeten, noch etwas zu bleiben, bis alles geklärt sei. Ihre Anwesenheit hilft Leo beim Aufstehen, beim Anziehen, beim Gehen, beim Sitzen. Sprechen kann er nicht. Das überlässt er seinem zweiten Ich, das ihn überallhin begleitet. Es beginnt zwar von sich aus keine Gespräche, ist aber immerhin der Lage, mit tonloser Stimme zu antworten.

»Tja.« Jennifer zieht ihre Füße an sich heran. Sie sieht nach unten, in den Kreis, den ihre Beine jetzt bilden. Leo kann ihren Tonfall nicht einordnen. Sie hat wohl eine Maske aufgesetzt. Nathalie versucht, ihren Kummer wegzulächeln, doch Leo erkennt an ihren Augenwinkeln, dass sie tieftraurig ist. In der Stille hört sich sein Kauen unangenehm laut an. Leo hält inne. Regentropfen prasseln auf das metallene Fensterbrett.

»Glaubt ihr auch, dass es ein Unfall war?« Jennifer bewegt mit den Fingern die Zehen ihres rechten Fußes.

»Was meinst du? Wieso?« Allein die Frage scheint Leo sinnlos. Es muss ein Unfall gewesen sein, denn Martha war das liebste und netteste Wesen auf dieser Erde. Es kommt gar nichts anderes in Frage als ein Unfall. Selbst wenn die Polizei etwas anderes vermuten würde, wüsste Leo es besser.

»Also bitte, Jennifer«, sagt er, »das ist doch wohl völlig klar, da gibt es für mich keinen Zweifel.«

Nathalie hebt mit einer Hand das Gesicht ihrer Freundin an und sieht ihr in die Augen.

»Warum fragst du das? Was ist los?«

»Ich dachte nur, unser Ausflug in den Keller…« Jennifer schiebt ihre Hand weg und schüttelt den Kopf.

»Nein, ich habe mich nur gefragt, ob das die einzige Möglichkeit ist. Aber ihr habt schon Recht.«

»Wieso? Was denkst du denn?«

»Nichts, es ist nichts. Das schlägt mir nur alles schrecklich aufs Gemüt. Ich glaube, ich werde nie wieder schlafen können, und dabei bin ich jetzt schon so müde.«

»Du Arme, das tut mir so leid. Ich verstehe dich.« Nathalie legt Jennifer eine Hand auf die Schulter. »Ich weiß noch, als meine Eltern…«

»Ach, lass mich. Woher willst du denn wissen, wie ich mich fühle?« Jennifer wehrt sie unwirsch ab und steht mit einem Ruck auf, sodass ihr der Quiche-Rest vom Teller rutscht. Sie schiebt das Stück wieder zurück, ohne sich um die Krümel auf dem Fußboden zu kümmern, und verlässt das Zimmer. Die Tür schließt sich hinter hier, und im selben Moment kippt Leo seitwärts um, dass Nathalie ihn auffangen muss. Er weint. Sie dreht seine Schultern so, dass er halb sitzt und halb liegt. Sein Kopf befindet sich zwischen ihren Brüsten. Sie bilden einen weichen Halt und bewegen sich im Takt seines Schluchzens.

Um 23 Uhr ist Leo immer noch nicht eingeschlafen. Es hat sich eingeregnet. Das monotone Geräusch hilft ihm sonst zuverlässig in den Schlaf. Ein Klopfen an seiner Tür. Ein Lichtschein wandert über die Wand des Zimmers.

»Schläfst du schon?« Seine Mutter flüstert. Leo nickt, dann fällt ihm ein, dass sie ihn vermutlich nicht sehen kann.

»Nein, kann nicht schlafen.«

Sie kommt näher. Wie immer hat sie im Flur ihre Schuhe ausgezogen, um ihn nicht mit dem Geräusch ihrer Schritte auf dem Parkett zu wecken. Sie setzt sich auf die Bettkante, eine der Federn quietscht. Ein Tasten auf der Bettdecke, ihre Hand sucht ihn.

»Hier, Marten hat deine Kamera mitgebracht. Die Polizei braucht sie nicht. Sie haben sie im Pool gefunden.«

Leo setzt sich auf.

»War er bis jetzt bei der Polizei? Stimmt etwas nicht?«

»Nein, mach dir keine Sorgen, alles nur Routine. Sie haben ihn nach unserem Alltag gefragt.«

Leo greift nach dem Schatten in der Hand seiner Mutter. Sein Camcorder. Er ist völlig trocken, als wäre er nie ins Wasser gefallen.

»Sie haben nur die Speicherkarte herausgenommen, vielleicht hast du ja ein Detail gefilmt, das später verändert wurde.«

Leo überlegt, was das bedeutet. Es heißt – nichts. Er hat eine fast nagelneue Karte verwendet. Oder? Er ist unsicher. Nach dem Ausflug in den Keller hatte er die Speicherkarte gelöscht und sie dann in einer kleinen Plastikschachtel verwahrt, in der noch eine neue Karte lag. Welche der beiden hatte er in den Camcorder eingelegt?

»Und, gab es etwas?«

»Nein. Marten sagt, die Aufnahme hat bestätigt, was du erzählt hast. Aber sie müssen sie trotzdem dort behalten, als Beweismittel.«

Leo dreht den Camcorder in der Dunkelheit hin und her. Ob er noch funktioniert?

»Haben die den bei der Polizei eingeschaltet, weißt du das?« Sein Vater hatte ihm mal erklärt, dass Wasser der größte Feind der Elektronik sei, und dass man ein nass gewordenes Gerät vor dem ersten Einschalten unbedingt trocknen müsse.

»Tut mir leid, das kann ich dir nicht sagen. Die werden schon wissen, was sie tun. Aber jetzt schlaf gut, Großer.«

Seine Mutter streicht ihm über das Haar. Er lässt es zu, und es tut ihm gut. Dann entfernt sie sich langsam, wieder bemüht, möglichst leise zu gehen, obwohl sie ja weiß, dass er nicht schläft.

Als die Tür wieder geschlossen ist, richtet Leo sich auf und setzt sich im Dunklen mit seinem Kissen im Rücken an die Wand. Er schüttelt den Camcorder. Es spritzt kein Wasser heraus. Er öffnet das Fach für Akku und Speicherkarte. Alles ist trocken. Darf er das Gerät nun einschalten? Vielleicht ist es ja schon beim Eintauchen in den Pool kaputtgegangen. Er drückt den silbernen Knopf. »Pling«. Der Bildschirm zeigt schemenhaft den Schrank, der gegenüber vom Bett steht. »Bitte Speicherkarte einlegen«, sagt ein Schriftzug.

Seine Blase drückt. Er muss aufs Klo. Vielleicht kann er danach ja schlafen. Den Camcorder, das Geschenk seines Vaters, nimmt er mit. Leo dankt dem Spezialisten bei der Polizei. Barfuß schleicht er durch den Gang zur Toilette. Er hat das Gefühl, dass es viel leiser ist im Haus als sonst, als würden die Wände jedes Geräusch viel stärker dämpfen. Er geht an der Tür von Marthas Zimmer vorbei. Nathalie schläft heute dort. Er fragt sich, wie sie das schafft, und ist kurz in Versuchung, die Tür zu öffnen und nachzusehen. Er denkt an die Minuten, in denen sein Kopf an ihrem Busen lag. Dabei muss er lächeln und bekommt ein schlechtes Gewissen.

Hinter der Tür von Jennifers Zimmer hört er ein sehr leises Gespräch. Zwei verschiedene Stimmen unterhalten sich. Es ist überraschend schwer, eine Stimme zu erkennen, wenn die Person flüstert. Natürlich muss eine der Stimmen Jennifer gehören. Die andere ist ebenfalls weiblich. Das muss seine Mutter sein. Er legt das Ohr an das glatte Holz der

Tür. Hoffentlich erwischt ihn niemand in dieser peinlichen Situation. Jetzt versteht er immerhin Bruchstücke des Gesprächs. Beide Stimmen klingen aufgeregt.

»... hat gesagt, dass...«

»... Arbeitszimmer im Keller...«

»... Angst nicht schlafen...«

»... spinnst du... nichts zu tun...«

»... Leo fragen...«

»... keine Ahnung... nichts damit zu tun...«

»... nichts gesehen...«

»... Marten arbeitet früh und spät...«

»... musst mir sagen, wenn... vertrauen...«

»... in Ruhe... schlafen...«

»... bitte... du weißt, Martha...«

»... lass mich...«

»Ich will, dass du jetzt rausgehst und mich in Ruhe lässt, sonst gehe ich zu Marten.« Diesen Satz spricht Jennifer so laut, dass Leo unwillkürlich von der Tür zurückweicht.

»... doch ruhig... nur wissen, ob...«

»Hast du mich nicht verstanden?« Seine Stiefschwester hat wohl entschieden, den Flüsterton aufzugeben. Hoffentlich weckt sie damit Martha nicht, denkt Leo, und würde gleich darauf am liebsten den Kopf gegen die Tür schlagen.

... schon gut...«

»... Gute Nacht...«

Leo verschwindet hastig in der Toilette. Durch die Milchglastür sieht er, wie ein schmaler Schemen Jennifers Zimmer verlässt. Er spült und wäscht sich die Hände. Auf dem Rückweg in sein Zimmer horcht er noch einmal an der Tür. Das Holz ist kalt. Er hört nur seinen eigenen Herzschlag und das Klopfen der Regentropfen in der Ferne.

6

Es kommt selten vor, dass Marten seine Arbeitshosen trägt. Leo erinnert sich, dass seine Mutter ihm die blauen Hosen aus besonders festem Stoff zu Weihnachten geschenkt hatte. Auf dass er sich im Haus mehr engagiere, hatte sie gesagt, während alle um den Weihnachtsbaum saßen. Das Fenster im Waschkeller ist aber immer noch defekt, und die alte Katzenklappe an der Kellertür, die Silke längst beseitigt haben wollte, könnte immer noch einem Stubentiger als Eingang dienen.

Leo hängt sich seine Jacke um. Es ist mild heute. Die Luft riecht nach Regen. Er setzt sich auf das Klettergerüst draußen vor dem Haus, das seine Mutter extra für ihn hatte bauen lassen. Er hängt gern hier, auf der obersten Stange, und sieht in die Landschaft, die sich nicht zwischen Hügel und Berg entscheiden kann. Dass es hier immer ein bisschen zieht, stört ihn nicht. Leo erinnert sich an den kleinen Kater, der ihnen vor Jahren weggelaufen ist. Er hatte auch immer eine erhöhte Position bezogen, um von dort aus über seine Menschen zu wachen. Der Kater, das war noch, bevor Martha in dieses Haus eingezogen war. Sie hätte ihn geliebt, da ist sich Leo sicher. Er zwingt sich, nur an den Kater zu denken, weil er Angst hat, dass er erneut das Gesicht der alten Frau vor sich sieht, zu der seine Mutter für kurze Zeit geworden war.

Marten kommt die Kellertreppe hoch. Er hat einen der grünen Laubsäcke über der Schulter. Es ist nicht zu erkennen, was sich darin befindet. Der Sack pendelt mit Martens Schritten. Wenn er an die Wand schlägt, gibt es ein leises, dumpfes Geräusch. Der Inhalt muss weich sein, alte Flaschen entsorgt Marten also nicht. Leo folgt seinem Stiefvater mit dem Blick. Er sitzt in seinem Rücken, deshalb bemerkt Marten ihn nicht. Der Weg macht einen Knick, danach sieht er nur noch Martens Kopf, dann ist er ganz verschwunden. Leo hört, wie der Wagen angelassen wird.

Wie lange wird er unterwegs sein? Es gibt einen Bauhof ganz in der Nähe. Dort darf man jedoch nur den üblichen Standard-Müll entsorgen: Flaschen, Gläser, Papier, Plastik. Wenn Marten länger wegbleibt, fährt er offenbar zum regionalen Recycling-Zentrum, betrieben von der Recyclingfirma Veolia. Dort darf man auch Sperrmüll abgeben, Bauschutt oder… Leo denkt nach, doch ihm fällt nur das Wort »organisch« ein. Organische Abfälle, ja. Es läuft ihm kalt den Rücken herunter.

Tatsächlich braucht Marten fast 45 Minuten. Leo erkennt das Motorgeräusch des Familien-Autos. Ihn fröstelt etwas. Er hat die ganze Zeit auf dem Klettergerüst gesessen. Er kann sich nicht erinnern, ob er dabei an irgendetwas gedacht hat. Kann es sein, dass er hier saß, und sich dabei die Gedanken in seinem Gehirn abgeschaltet haben? Gibt es das? Leo hat so einen Moment noch nie erlebt.

Er sieht zuerst Martens Kopf, dann taucht der gesamte Mensch auf. Den grünen Sack hat er wieder dabei. Er sieht gelöst aus, fast fröhlich, als hätte man ihm eine Last von den

Schultern genommen. Oder läuft er bloß aufrechter, weil der Sack nun viel leichter ist? Marten betritt das Haus, wie er es verlassen hat. Erst passiert eine Weile gar nichts, dann hört Leo hämmernde Geräusche. Nein, das ist kein Hammer, das klingt wie eine Axt, die sich in großes Stück Holz frisst. Wieso sollte sein Stiefvater im Keller Holz hacken? Die Axt wird von einer Säge abgelöst. Ganz eindeutig. Die Säge findet keinen Rhythmus, anscheinend bleibt sie immer wieder im Material hängen.

Eine Pause. Leo wartet auf das nächste Geräusch, da kommt Marten die Kellertreppe hoch. Wieder trägt er den alten Müllsack. Er scheint noch schwerer zu sein als zuvor. Mitten auf der Treppe muss Marten ihn absetzen.

»Brauchst du Hilfe?«, ruft Leo.

»Danke, das ist nett, aber es geht schon.«

Marten lächelt in seine Richtung und hebt den Sack erneut an. Dabei gerät er kurz ins Taumeln, fängt sich aber gleich wieder.

»Puh, schwer«, sagt er. Sein nächster Schritt sieht vom Klettergerüst aus wieder sicher aus. Fünf Schritte, dann hat er die Treppe geschafft. Womit er nicht rechnet, ist der kleine Absatz direkt dahinter. Marten kann das Gewicht auf der Schulter nicht mehr ausbalancieren und stürzt. Alles geht so blitzschnell, dass Leo sich darüber wundert. Wenn er selbst fällt, fühlt sich das für ihn oft wie in Zeitlupe an. Der Müllsack ist umgekippt. Seine Öffnung zeigt von Leo weg in Richtung Garage. Erst als Marten aufgestanden ist und den

Sack wieder in die Senkrechte bringt, erkennt Leo, dass sich ganz oben ein blauer Plastiksack befindet. Er hat nicht die Gelegenheit, sich genauer davon zu überzeugen, denn Marten schleppt alles davon. Kurze Zeit später heult der Motor ihres Wagens erneut auf.

Jetzt weiß Leo, wie lange Marten wegbleiben wird. Er klettert von seinem Aussichtsplatz Sprosse für Sprosse die Holzleiter hinunter. Er ist fast unten, da bohrt sich ein Splitter in seinen Zeigefinger. Mist. Er versucht, ihn mit den Zähnen zu entfernen, hat aber keinen Erfolg. Er sitzt zu tief. Egal.

Die letzten zwei Sprossen lässt er aus und springt. Er rollt sich ab, der Rasen unter ihm ist weich und saftig. Leo kann nachfühlen, dass Kühen das Gras schmeckt. Der Keller. Er schlendert zur Treppe und läuft nach unten. Im größten Raum hat jemand die Werkbank in die Mitte gezogen. Darauf liegen eine Axt und eine Säge. Leo fährt mit dem Finger über das Sägeblatt. Es haften noch Holzspäne daran. Er dreht sich um, findet aber nichts, das Marten hier zerteilt haben könnte. Also muss er wohl im anderen Keller suchen.

Die Tür zum Gang steht offen. Den Blick versperrt eine weitere Tür, die sonst immer verschlossen ist. Martens Arbeitszimmer. Leo nähert sich vorsichtig. Er späht an der Tür vorbei, sieht jedoch nur Dunkelheit. Der Lichtschalter. Es klackt, dann wird es unangenehm hell. Bis hierher ist keine Veränderung festzustellen. Leo geht den schmalen Gang entlang. Kurz bevor sein Blick in den anderen Teil des

Raumes fallen kann, bleibt er stehen. Er will nicht weiter. Seine Füße sind unendlich schwer. Er denkt an den Traum, in dem er Magnetschuhe trug. Wo ist der Schalter, der die Magnetkraft deaktiviert? Er muss weiter, das ist er Martha schuldig. Martha wäre nicht stehen geblieben, nicht an dieser Stelle. Er späht um die Ecke.

Es hat sich nichts verändert. Ein paar Meter vor ihm der Untersuchungstisch mit seiner seltsamen Sammlung von Werkzeugen. Links davon brummt die Tiefkühltruhe. Leo versucht, nicht daran zu denken, was sie darin gefunden haben. Er nähert sich dem Tisch. Seine Finger fahren vorsichtig über das glänzende, von Schnitten durchzogene Metall.

Er greift nach der Schublade, da hört er hinter sich Schritte.

»Ah, Leo, was machst du denn hier? Du weißt doch, es ist mir nicht so recht, wenn ihr…«

»Ich habe mir einen Splitter eingezogen, auf dem Klettergerüst, und wollte nach einem Werkzeug suchen, um ihn herauszubekommen. Hier, sieh mal.« Er streckt Marten seinen Finger entgegen. Der tastet ihn vorsichtig ab und findet den Splitter.

»Warte, das haben wir gleich.« Marten sucht in seiner Sammlung nach einem passenden Instrument. Er findet etwas, das beinahe wie eine Pinzette aussieht.

»Jetzt schön stillhalten.« Ein kurzes Ziehen, dann hat er das Holzstück entfernt.

Marten klopft ihm auf die Schulter. »So, jetzt geht's wieder ans Tageslicht. Hier unten fühlt man sich ja wie in einer Gruft.«

Sie verlassen den Raum. Leo kann sich nicht verkneifen, noch einmal nach der Gefriertruhe zu sehen. Grün ist eine so schöne Farbe, denkt er, doch das Leuchtauge dieses Kühlschranks starrt ihm bösartig hinterher. Marten schließt hinter ihnen die schwere Kellertür ab. Er dreht den Schlüssel zweimal herum und überzeugt sich, dass die Tür wirklich abgesperrt ist. Er bemerkt Leos Blick, scheint etwas erklären zu wollen, dreht sich dann aber doch nur mit einem Seufzer um und geht die Treppe ins Erdgeschoss hinauf.

»Er setzte das Messer an ihrem Bauchnabel an. Es war gar nicht so leicht, die weiche Haut zu durchdringen. Diesen Kraftaufwand hatte er unterschätzt. In seiner Vorstellung hatte er das Messer locker wie durch einen Butterberg gezogen, doch in der Wirklichkeit musste er sich anstrengen wie bei einem hart gewordenen Brotlaib.«

Leo liest »Beisha«. Marten hatte ihm sein bisher letztes Buch damals nur ungern überlassen. Über den Namen – die Betonung auf dem -sha – und seine Bedeutung (»getötet«) hatte er sich noch gern mit ihm unterhalten. Der Inhalt sei allerdings doch eher etwas für Achtzehnjährige, hatte er gemeint, und ihn vor Alpträumen gewarnt. Leo hatte den Roman trotzdem gelesen, in dem es um Gewalt, die Mafia und das Sexgeschäft geht. Schlechte Träume hatte er danach keine gehabt. Aber jetzt weiß er, warum ihm manche Schilderungen so plastisch erschienen. Schon damals hatte er sich gefragt, wie ein Schriftsteller sich so etwas ausdenken konnte. Marten war dafür sogar zweimal nach Shanghai gereist, wo die Handlung spielt.

Er überlegt, ob er nicht nach passenden Mordfällen in der chinesischen Großstadt googeln sollte. Er schaltet sein Notebook an, findet aber nur Prostituiertenmorde in Düsseldorf. Täglich würden in Shanghai 4.325.124 Ess-Stäbchen benötigt, Prostitution sei verboten, trotzdem seien fast 120.000 Frauen im Sexgewerbe tätig, und die Selbstmordrate liege 50 Prozent höher als im weltweiten Durchschnitt. Er blättert weiter in Martens Thriller. Kann man das, was sein Stiefvater da so haargenau schildert, in medizinischer Fachliteratur finden? Beschreiben Mediziner, wie das Blut aus einer mit einem bestimmten Werkzeug verursachten Wunde spritzt? Damals, als er »Beisha« zum ersten Mal gelesen hat, konnte sich Leo noch vorstellen, dass die Szenen allein Martens Fantasie entsprungen waren. Heute muss er daran denken, was sie in der Tiefkühltruhe gefunden haben.

Hat er sich da in etwas verrannt? Gibt es am Ende doch andere, ganz harmlose Erklärungen, sind alles bloß dumme Zufälle? Ihm bleibt nur eine Möglichkeit. Er muss endlich seine Mutter ins Vertrauen ziehen. Er muss riskieren, dass sie sich aufregt. Leo wird in diesem Moment eines bewusst: dass Martha nicht mehr da ist, hat eine Lücke gerissen, die nicht wieder zu schließen ist. Es fühlt sich an, als hätte ihm jemand ein lebenswichtiges Organ herausgeschnitten, eine Hand amputiert. Unwillkürlich sieht er an sich herab. Neulich hat er im Radio die Geschichte eines Bergsteigers gehört, der 30 Meter tief gestürzt war. Trotz lebensgefährlicher innerer Verletzungen hatte er noch seine eigene Bergung organisiert – und war erst im Krankenhaus ins Koma gefallen. Seine Familie ist unter Schock, nichts ist mehr wie es war, aber alles läuft weiter, als sei nichts passiert. Doch der Zusammenbruch muss kommen, ob er seiner Mutter von ihren Beobachtungen im Keller erzählt oder nicht.

Sein Kopf ist auf einmal völlig klar. Erst jetzt merkt er, dass in den vergangenen Stunden stets ein leichter Druck auf seiner Stirn lastete. Leo fühlt sich frei, stark und voller Energie. Er verlässt sein Zimmer. Im ersten Stock ist es dunkel. Er schaltet das Licht nicht an. Die Treppe nach unten fühlt sich kühl an unter seinen nackten Füßen. Die Tür zum Wohnzimmer ist offen. Leo ist enttäuscht. Marten sitzt nicht wie üblich in seinem Arbeitszimmer, sondern spricht mit Silke. Aus dem Flur kann Leo nur ihre Schatten sehen. Die kleine Lampe neben dem Sofa wirft die dunklen Silhouetten von zwei Personen an eine rötlich reflektierende Wand. Sie gestikulieren. Leo versteht zunächst nichts, doch er merkt, dass die beiden sich streiten. Ihre Sätze stecken voll unterdrückter Wut. Vermutlich schreien sie sich nur deshalb nicht an, weil sie niemanden wecken wollen. Leo weiß, dass das seiner Mutter normalerweise sehr schwer fällt, sie muss sich also bewusst kontrollieren. Er denkt an den gestrigen Abend und ihr Gespräch mit Jennifer, das er belauscht hat, und tritt näher an die Wohnzimmertür heran. Stünde einer der beiden auf und träte ein paar Schritte vor, würde man ihn bemerken. Das ist ihm egal. Dafür versteht er nun, worüber sich seine Mutter und Marten streiten.

»... spionierst mir nach, das geht gar nicht ...« – die Stimme seiner Mutter.

»Wer war der Kerl, mit dem du dich getroffen hast?«

»... Freund, das hab ich dir doch schon erklärt.«

»Küsst du alle deine Freunde?« Marten, der sonst immer so leise spricht, ist inzwischen der lautere Part.

»Ja ... nein, das war doch keine Absicht.«

»Keine Absicht? Du wolltest in die Luft küssen, und dann war da zufällig der Andere?«

»Ich habe dir doch schon früher erklärt, dass ich nun mal nicht so kontrolliert bin wie du. Dass ich keine Garantie für mich übernehmen kann.«

»Du hast mir aber etwas versprochen, als du mich geheiratet hast.«

»Ja, das war ein Fehler, das habe ich schon damals gewusst. Aber ich habe dich gewarnt, und du wolltest es trotzdem, unbedingt. Ich habe dir gesagt, ich war noch nie mit jemandem länger als drei Jahre glücklich.«

»Und warum redest du dann nicht mit mir?«

»Es gab doch überhaupt keinen Grund dazu. Hättest du mir nicht hinterher spioniert... Es ist nichts Ernstes, und es ist überhaupt nichts passiert.« Die Stimme seiner Mutter klingt nun leicht genervt. Leo hört kein Schuldbewusstsein heraus.

»Das soll ich dir glauben? Ich musste das Andere doch auch erst selbst herausfinden.« Leo überlegt, was Marten mit »das Andere« meinen könnte.

»… dich nie belogen, das weißt du aber.« Silke spricht jetzt ganz leise, sie flüstert beinahe.

»Nein, das weiß ich nicht, woher soll ich das wissen?«

»Ich bitte dich, ich kann doch gar nicht lügen, im Gegensatz zu dir.«

»Was soll das denn jetzt heißen? Was habe ich damit zu tun?«

»Das weißt du selbst am besten. Ich habe jedenfalls kein Drama daraus gemacht wie du gerade.«

Für einen Moment ist es ruhig. Leo hört nur seine eigenen Atemgeräusche. Sie sind ungewöhnlich laut, doch das ist ihm egal.

»Silke, ich will dich nicht verlieren. Ich kann dich nicht verlieren. Du kennst mich.«

»Du bist jetzt aber wirklich alt genug, um das Drama mit deiner Mutter zu verarbeiten. Ich habe dir schon mal gesagt, such dir einen Therapeuten. Je mehr du die Menschen festhältst, desto eher hauen sie ab.«

»Nun lenk nicht von dir ab. Dass meine Mutter sich umbringen wollte, hat doch nun wirklich nichts damit zu tun, dass du dich heimlich mit anderen triffst.«

»Und warum hast du dir dann gerade mich gesucht? Ich habe dich gleich gewarnt. Mir wird nun mal schnell langweilig. Vielleicht willst du ja die Dramen deiner Kindheit wiederholen?«

»Hör auf mit diesem Psycho-Quatsch. Ich will einfach, dass du dich an unsere Vereinbarung hältst. Das kann doch nicht so schwer zu akzeptieren sein.«

»Du willst mich nicht verstehen, oder? Ich gehöre dir nicht. Wenn ich gehen will, gehe ich. Ich habe bisher zwar nie daran gedacht, aber wenn du so weitermachst…«

»Silke, das kannst du nicht tun. Gerade jetzt.« Martens Stimme bekommt einen weinerlichen Unterton, den Leo noch nie gehört hat.

»Wenn es mir zu viel wird, gehe ich. Ich muss auf mich selbst aufpassen, das steht an erster Stelle.«

»Das wirst du nicht tun, ich warne dich.« Marten spricht leise, aber deutlich, er betont jede Silbe.

»Was soll das? Du kannst mich an gar nichts hindern.«

Es ist still im Wohnzimmer. Dann lacht Marten. Es klingt nicht herzlich.

»Ich kann alles, das sagst du doch selbst immer, und du kannst nichts. Vielleicht hast du Recht.«

Er lacht erneut. Leo würde jetzt gern sein Gesicht sehen. Ein klatschendes Geräusch, zu dumpf für einen Schlag ins Gesicht. Leo vermutet, dass einer von beiden auf den Tisch gehauen hat. Dann hört er Schritte. Gerade noch rechtzeitig flieht er über die Treppe nach oben.

In seinem Zimmer beschließt Leo, alles aufzuschreiben. Er weiß, dass das Leben schwarz auf weiß klarer erscheint. Er will sich nicht in irgendwelche Gedanken verrennen. Er wird notieren, was ihm einfällt. Jemand anders soll das dann bewerten. Er wird seine Fotos dazupacken und seine Filme und dann alles zusammen der Polizei übergeben. Nein – das kann er nicht tun. Es ist doch seine Familie. Er kann doch seine Familie nicht verraten. Aber wem soll er seine Notizen übergeben? Marten ganz sicher nicht, und seine Mutter hat gerade zu viele eigene Probleme. Jennifer? Schwierig. Sie wird lesen wollen, was er da aufgeschrieben hat, und wenn ihr nicht passt, was er über sie…

Nathalie! Die Französin ist eine Außenstehende, sie ist neutral. Sie soll entscheiden, was damit passiert. Das ist wohl besser, als gleich zur Polizei zu gehen. Nathalie soll sagen, was sie davon hält – und wenn sie zustimmt, wird er ein besseres Gewissen haben.

Er schreibt. Zunächst fällt es ihm schwer, alle Fakten und Abläufe zu sortieren, doch dann schreibt er einfach drauflos und bringt später am Rechner alles per Copy & Paste in die richtige Reihenfolge. Schließlich schickt er seinen Text zum Drucker.

Zusammen mit den Videos speichert er die Dateien noch auf einen USB-Stick. Der erste Stick, den er ausprobiert, hat nicht genug Speicher, doch er findet noch einen anderen. Er hat die Form und Größe einer Kreditkarte. Leo legt ihn in einen Briefumschlag und schreibt Nathalies Namen darauf.

Das »l« von Nathalies Namen hat einen Knick bekommen, weil direkt darunter die harte Kante des USB-Speichers verläuft.

Nathalies Tasche steht im Flur. Er hofft, dass ihm niemand über den Weg läuft, wenn er sie öffnet und den Umschlag so platziert, dass er Nathalie auffällt. Leo schleicht in den Flur. Er benutzt nur die Taschenlampe seines Handys. Der Lichtschalter im Flur knackt so laut, wenn man ihn betätigt. Die Taschen der Mädchen stehen ordentlich nebeneinander. Auch Marthas Tasche steht noch da. Niemand hat sich getraut, sie wegzuräumen. Leo spürt einen Stich im Magen.

Er zieht den Reißverschluss von Nathalies Tasche auf, die er an ihrem »I heart Germany«-Aufdruck erkennt. Sie hat die Tasche gleich nach ihrer Ankunft in der Stadt gekauft. Ein feiner Parfum-Duft steigt ihm in die Nase. Innen herrscht Ordnung. Wenn er da an die Handtasche seiner Mutter denkt… Sie beauftragt ihn manchmal, irgendetwas zu suchen, ihr Handy, ihr Portemonnaie zum Beispiel, und das ist keine leichte Aufgabe. In Nathalies Tasche hingegen scheint sich alles dort zu befinden, wo es hingehört. Er legt den Umschlag in ein Seitenfach, in dem die Geldbörse ihren Platz hat. Spätestens wenn Nathalie sich morgen in der Schule etwas zu essen kauft, wird sie auf seine Post stoßen. Was wird sie darüber denken? Vielleicht hält sie ihn für albern und naiv oder für einen Spinner. Es fühlt sich trotzdem gut an, ein Geheimnis mit ihr zu teilen.

7

Das Frühstück am Morgen verläuft in allgemeinem Schweigen. Jeder hängt seinen eigenen Gedanken nach. Marthas Stuhl steht noch immer am Tisch. Niemand schiebt ihn weg.

»Klärst du heute mal, wie es mit … ihr weitergeht?« Beim »ihr« stockt seine Mutter, als suche sie nach dem passenden Wort. Sie schaut nach unten, in ihren Schoß. Dort halten ihre Hände ein Tuch umkrampft. Leo sieht ihre Augenringe. Seine Mutter ist heute nicht geschminkt. Sie schluckt und streicht sich mit der Hand etwas aus dem Auge.

Leo fühlt sich, als würde er schweben. Es ist nicht das angenehme Gefühl, das er manchmal im Traum hat. Es fehlen die Schwerelosigkeit und die Bewegung. Ihm ist, als säße er auf einem Wattepolster. Er wird von Wattebäuschen in der Luft gehalten, die von hinten und von vorn, von oben und von unten auf ihn Druck ausüben, sodass er gar nicht anders kann als zu schweben. Die weiche Watte dämpft auf seltsame Weise die Geräusche der Welt. Er versteht genau, was seine Mutter sagt. Aber ihre Wörter haben keinerlei Klang, als wäre ihnen das Fleisch von den Knochen gekratzt worden. Sie sind auf den bloßen Kern reduziert, auf die Information, und sie verwandeln sich in seinem Kopf in Gedanken, die ebenso bar jeden Ausdrucks sind. Leo überlegt. Hätte seine Mutter »Leiche« sagen sollen, oder »Martha«?

»Die haben gestern bei mir im Büro angerufen, habe ich dir das gar nicht erzählt? Sie ist jetzt von der Gerichtsmedizin freigegeben. Wir müssen sagen, was nun passieren soll.« Auch Marten vermeidet das Wort »Leiche«.

Martha hatte sich immer gewünscht, dass ihre Asche einmal im Meer verstreut würde. Leo wundert sich, mit welcher Leichtigkeit sie sich früher über den Tod unterhalten hatten. Er war ihnen immer als weit, weit entfernt erschienen, als etwas, über das man sich im Moment wirklich keine Sorgen machen musste, über das man zwar theoretisch nachdachte, was aber keinerlei praktische Bedeutung hatte. Martha war wohl die Vorstellung romantisch vorgekommen, in allen Weltmeeren verteilt zu sein. Leo hatte ihr plastisch ausgemalt, wie die Würmer ihren toten Körper in der Erde verspeisen würden. Eine hübsche Gruselgeschichte, mehr nicht. Er selbst wollte sich nicht verbrennen lassen, weil ihn die Vorstellung beunruhigte, womöglich lebendig den Flammen übergeben zu werden. Bei einer Erdbestattung würde er sich nach dem Aufwachen immer noch bemerkbar machen können.

Dass Martha sich eine allerletzte Seefahrt wünschte, hatte sie nicht nur ihm erzählt. Das macht ihre Bestattung nun komplizierter als gedacht. Offenbar hat Silke diese Aufgabe komplett an Marten übergeben. Obwohl er sich sonst aus Familienangelegenheiten gern heraushält, scheint er diesmal nichts dagegen zu haben. Vermutlich würde sein leiblicher Vater ebenso handeln, hofft Leo.

»Ich fahre heute mal bei ein paar Leuten vorbei, die ich fragen kann«, sagt Marten, »aber jetzt sollten wir los, die

Schule wartet. Ich fahre euch.« Er steht ruckartig auf und kommt etwas ins Schwanken. Das hat Leo noch nie bei ihm beobachtet.

Teller und Besteck bleiben auf dem Tisch liegen, nur was verderben kann, kommt in den Kühlschrank. Alle suchen das Bad auf. Wie immer, wenn er fährt, müssen sie warten, bis Marten von der Toilette kommt, dann geht es auf Schleichwegen zur Schule. Der Wagen hält an einer Abbiegung. Von dort aus sind es nur ein paar Meter bis zur Realschule Königslutter. Jennifer, Nathalie und Leo steigen aus. Es riecht nach Regen, die Straße ist feucht von Tau. Leo muss heute in den Anbau. Bevor er die schwere Tür öffnet, dreht er sich noch einmal um. Nathalie und Jennifer stehen vor dem Hauptgebäude und sprechen leise miteinander. Über Nathalies Schulter hängt eine braune Umhängetasche aus Leder. Jennifer trägt eine weiße Stofftasche. Aus der Ferne erkennt Leo nur ein rotes Herzmotiv.

Leo schwitzt, wie immer, wenn er das letzte Stück des Heimwegs zu Fuß gehen muss. Der Berg hat es in sich, auch wenn er von unten einen ganz harmlosen Eindruck macht. Eigentlich hatte seine Mutter versprochen, ihn mit dem Auto von der Schule abzuholen, nach acht Stunden Unterricht wollte sie ihn nicht mit dem Bus fahren lassen. Vor zur Realschule Königslutter hatten die Fahrzeuge wie gewohnt eng geparkt. Meist saßen Frauen hinter dem Steuer. Einige ließen den Motor laufen. Seine Mutter schimpfte immer darüber. Doch ihren Kleinwagen sah er nicht. Also war ihr wohl mal wieder etwas dazwischen gekommen. Leo hatte den Bus nehmen müssen, den Rest des Weges war er gelaufen.

Er stellt sich vor, dass seine Mutter sich gerade Sorgen macht. Vermutlich schimpft sie über ihn, weil er sein Handy zu Hause vergessen hat und sie ihn nicht erreichen kann. Er hofft, dass sie nicht vor ihm da ist, damit er in Ruhe seine Hausaufgaben machen kann. Er schaut sich um, ob ihn jemand beobachtet, dann nimmt er die Abkürzung über das Feld des Nachbarn. Wenn man ihn dabei erwischt, gibt es Ärger.

Als er das Haus erreicht, sieht er, dass das Küchenfenster gekippt ist. Seine Mutter öffnet es immer, wenn sie kocht. Pech gehabt, sie ist also doch schon daheim. Das Fenster ist beschlagen. Auch das ist normal, wenn es in den Töpfen auf dem Herd brodelt. Leo öffnet die Haustür mit dem Schlüssel, den er aus dem Geheimversteck im Mülltonnen-Häuschen holt, zieht im Flur seine Schuhe aus und hängt die Jacke auf einen Bügel. Er stellt die Schuhe ordentlich nebeneinander ab, weil seine Mutter sonst genervt reagiert. Die Küchentür ist geschlossen. Durch ihr Milchglas sieht er einen dunklen Schemen am Herd, der sich nicht bewegt. Seine Mutter hat ihn wohl noch nicht bemerkt. Soll er sich in sein Zimmer schleichen und dort einfach schon mit den Hausaufgaben beginnen? Er entscheidet sich dagegen und drückt die Klinke der Küchentür nach unten.

Die Tür öffnet sich. Leo sieht zunächst nur die weiße Seitenwand des großen Kühlschranks, an dem sie gerade so vorbei passt. Immer noch keine Reaktion. Hoffentlich erschreckt er seine Mutter nicht. Sie hat sich vor lauter Überraschung schon einmal am heißen Herd verletzt, als er plötzlich in die Küche gestürmt kam.

»Hallo, Mama«, ruft er sicherheitshalber.

Er erhält keine Antwort. Seine Mutter muss wohl tief in Gedanken sein oder ganz auf das Kochen konzentriert. Er öffnet die Tür, so weit es geht, und kann nicht fassen, was er sieht. Da ist ein Mensch. Leos Gehirn weigert sich zu erkennen, wer es ist. Der Oberkörper der Person liegt über dem Herd, der Kopf ist nur zur Hälfte sichtbar. Leo hat diese Haare schon irgendwo gesehen, er ist sicher, dass er die Person kennen muss. Die Haare sind nass. Das Gesicht kann er nicht sehen, es befindet sich unterhalb der Metallkante des Kochtopfs. Der ganze Kopf ist von Dämpfen umwabert, die aus dem heißen Gefäß aufsteigen. Leo hört das Brodeln kochenden Wassers. Er dreht sich um, als er jemanden laut atmen hört, und merkt, dass er selbst es ist, der tief die feuchtigkeitsgeschwängerte Luft in der Küche einsaugt.

Leo tritt zum Herd. Er muss den rechten Arm der Person zur Seite schieben, um den Knopf für die Kochplatte zu erreichen. Alle vier Kochplatten glühen rot. Der linke Arm der Person liegt auf der kleinen Platte links unten. Jetzt kann Leo auch den seltsamen Geruch zuordnen, der ihm schon beim Eintreten aufgefallen ist. Er betrachtet den Menschen, der da in unnatürlicher Haltung über dem Herd hängt. Er kennt diese Frau, da ist er sich sicher, doch ihr Name will ihm nicht einfallen.

Am liebsten würde er die Augen schließen und zu Boden sinken. Er erinnert sich an den Moment, als er Martha fand. Jemand war nett zu ihm gewesen und hatte ihn in einen tiefen Schlaf geschickt, in eine absolute Ruhe, die er sich auch jetzt wünscht. Aber obwohl er sich schwach fühlt, knicken seine Beine nicht ein. Sein Körper verweigert ihm den Gehorsam. Die Muskeln behalten ihren Tonus. Sein Kopf ist leer, doch die Nacht, die er ersehnt, bleibt fern. In diesem Moment klopft es draußen an der Fensterscheibe.

»Allo, seid ihr da?«

Sein Kopf füllt sich allmählich wieder mit Bildern und Gedanken. Zuerst ist da ein Name. Nathalie. Sie steht draußen und klopft.

»Komm nicht rein«, will er sie warnen, doch seine Stimme versagt ihm den Dienst. Er wischt mit den Fingern das Kondenswasser von der Fensterscheibe. Nathalie hat die Hände als Sonnenschutz über die Stirn gelegt, um im Inneren des Hauses etwas zu erkennen. Ihre Blicke begegnen sich. Nathalie lächelt. Sie winkt ihm zu und läuft ums Haus. Zu spät. Er hätte ihr diesen Anblick gern erspart, doch er schafft es nicht, die Küchentür zu schließen.

»Was ist denn ier…« Nathalie bleibt stehen, als sei sie gegen eine unsichtbare Wand gelaufen. Sie hält sich die Hand vor den Mund, aus dem ein wimmerndes Geräusch kommt. Leo fürchtet, dass sie gleich zusammenbricht, und geht rasch zu ihr, legt ihr die Hand auf die Schulter. Nathalies Gesichtsausdruck verändert sich nicht, aber das Wimmern hört auf. Leo umarmt sie, und sie erwidert seine Geste. In Romanen, denkt Leo, brächen die Protagonisten an dieser Stelle in Tränen aus, doch er fühlt keine Trauer. Während sein Kopf an Nathalies Schulter ruht, spürt er in sich hinein und findet nichts.

Das ist keine Leere in seinem Innern, das ist etwas anderes. Er würde Schmerzen spüren, wenn ein Vakuum in seinem Bauch wütete. Doch es tut nichts weh. Da hat sich etwas anderes in ihm ausgebreitet, etwas ohne Namen und ohne Eigenschaften. Leo ist froh darüber. Es erlaubt ihm, über die Situation nachzudenken.

»Nathalie, wir sollten raus hier. Zur Polizei. Jetzt.« Seine Stimme ist leiser als beabsichtigt. Er spricht langsam und deutlich. Im Haus ist es ruhig. Draußen zwitschern Vögel so laut, dass es auch in der Küche zu hören ist.

Nathalie antwortet nur mit einem Röcheln und beginnt plötzlich zu würgen. Sie versucht noch, etwas zu sagen, dann erbricht sie sich. Ein Schwall ihres Erbrochenen landet auf dem Fußboden der Küche. Leo legt Nathalie die Hand auf die Schulter. Als sie sich wieder zu ihm umdreht, sieht Leo, dass sie weint. Nathalies Magen beruhigt sich schnell. Beide hocken sich auf den Boden, nebeneinander, obwohl hier kaum Platz ist.

»Wir müssen gehen.« Leo flüstert fast. Nathalie nickt und wischt sich Tränen von der Wange. Leo friert, obwohl sich Schweiß auf seiner Stirn gebildet hat. Er weiß, dass er seine Mutter nicht anfassen darf. Alles muss so bleiben, wie sie es vorgefunden haben. Helfen, das ist klar, kann er sowieso nicht mehr. Er darf jetzt keinen Fehler machen, sonst liegt es noch an ihm, wenn der Mörder nicht gefunden wird. Erst in diesem Moment wird ihm klar, dass seine Mutter ganz sicher keinem Unfall zum Opfer gefallen ist. Was bedeutet das für Marthas Tod?

Die Tür zum Wohnzimmer steht so weit offen, dass er durchschlüpfen könnte. Leo will aber zuerst sehen, was ihn nebenan erwartet, deshalb schiebt er die Tür mit einer Hand weiter auf. Mit lautem Getöse Fällt ein Metalleimer von oben herab, der offenbar genau auf der Türkante stand. Er steckt voller Reißzwecken und Nägel, die sich prasselnd über das Parkett ergießen.

»Nichts passiert«, sagt er zu Nathalie. Solche Scherze kennt er aus dem Schullandheim. Da waren die Eimer allerdings mit kaltem Wasser gefüllt.

»Hehe, was soll das, das kann doch nicht dein Ernst sein«, ruft er ins Wohnzimmer. Er bekommt zwar keine Antwort, doch das Echo seiner Stimme beruhigt ihn.

»Lass uns gehen.« Er nimmt Nathalie an der Hand. Vorsichtig schiebt er mit dem rechten Fuß den Inhalt des Eimers zur Seite, damit Nathalie sich nicht verletzt. Sie hat wie er die Schuhe im Flur ausgezogen. Dabei übersieht er zwei Details. Das erste ist eine Reißzwecke, die in der Parkett-Spalte zwischen Küche und Wohnzimmer steckt. Er tritt mit der rechten Ferse hinein und schreit vor Schreck und Schmerz.

Das zweite Detail ist eine dünne, durchsichtige Schnur, die straff gespannt nur ein paar Zentimeter über dem Boden verläuft. Sein linkes Bein berührt die Schnur, und er sieht einen flachen Gegenstand auf sich zufliegen – ein Messer, das gleich Nathalie treffen wird, die neben ihm steht. Die Zeit reicht nicht mehr, sie zu warnen. Mit einem klatschenden Geräusch prallt das Geschoss an die Wand dicht neben der Tür. Nathalie hatte sich gerade gebückt, um nach seinem verletzten Fuß zu schauen.

Leo sieht sich um. Auf dem Rand des blauen Sofas ist seine Armbrust verspannt. Er hat früher mit der Spielzeugwaffe im Wald gespielt. Seit einem Jahr oder länger hat er sie nicht mehr angefasst, ihre Existenz beinahe vergessen. Doch jetzt erinnert er sich. Aus Tschechien hatten sie damals noch eine zweite Armbrust mitgebracht. Tatsächlich entdeckt er dieses Exemplar auf dem Sofa. Es zielt auf die Tür, die aus dem Wohnzimmer in den Flur führt. Da hat sich jemand wirklich Mühe gegeben. Jemand, der sich mit Waffen und deren Wirkung auskennt.

Leo sieht Nathalie an. Ihr Gesicht ist bleich. Sie atmet flach und schaut sich immer wieder nach allen Seiten um.

Das ist alles nicht wahr, denkt Leo. Das kann gar nicht sein, ich träume. Ich muss endlich aufwachen. Ich werde aufwachen, Martha wird an meinem Bett stehen und Mutter wird von unten zum Frühstück rufen. Er schließt die Augen und ballt die Fäuste. Er hat es schon öfter geschafft, auf diese Weise einem Alptraum zu entfliehen. Leo spürt eine Berührung an der Schulter. Es ist Nathalies Hand. Sie betrachtet sein Gesicht. Haare fallen ihr in die Stirn. Leo weiß, dass er nicht aufwachen wird, und jetzt kann auch er die Tränen nicht mehr zurückhalten. Er kann nicht weiter. Er muss auch gar nicht weiter, es spielt keine Rolle mehr, was jetzt noch passiert. Leo setzt sich auf den Fußboden, streckt die Beine aus. Nathalie tut es ihm gleich. Sie sitzen Rücken an Rücken und warten, dass die Welt untergeht.

Zuerst hört Leo nur Schluchzen. Es ist sein eigenes Weinen. Doch wenn er die Luft anhält, hört das Geräusch nicht auf. Er spürt, wie sich Nathalies Rücken im Takt krümmt. Der Rhythmus wird langsamer, und je seltener das tiefe, seufzende Luftholen wird, desto mehr kehrt die Welt zurück. Sie kehrt zurück in Form von Reflexionen, wandernden Lichtflecken auf dem Boden und als Gesang von Vögeln. Leo stemmt sich hoch. Ein greller Schmerz schießt durch seinen Fuß. Nathalie will die Verletzung untersuchen, doch er wehrt sie ab.

»Wir müssen vorsichtig sein, Nathalie. Lass meinen Fuß jetzt, es geht schon. Wenn wir es nach draußen schaffen, können wir uns darum kümmern.«

Er setzt einen Schritt nach dem anderen. Die Reißzwecke in seiner Ferse schmerzt. Er versucht, den Schmerz zu vermeiden, indem er nur mit dem Vorderfuß auftritt. Das Parkett knarrt unter seinen Schritten. Leo bleibt stehen. Ein weiteres Knarren. Er dreht sich um. Das Geräusch kommt von Nathalies Schritten. Leo bleibt konzentriert. Schritt für Schritt nähern sie sich der Außentür. Sollte der Mörder sie jetzt in Ruhe lassen? Leo hofft zwar, dass nichts mehr passiert. Tatsächlich steigert sich mit jedem Schritt jedoch seine Angst, dass sie irgendetwas übersehen haben könnten. Was, wenn sie längst eine komplizierte Mord-Maschinerie in Gang gesetzt haben, die in der nächsten Sekunde zuschlägt? Draußen scheint die Sonne. Eine fette Fliege versucht, mit dem Kopf voran durch die Glastür zu brechen, immer und immer wieder. Dabei brummt sie laut. Noch zwei Schritte. Leo versucht, sich zu entspannen. Ein dumpfes Poltern, das aus dem Geschoss über ihnen kommt. Er sieht zur Decke. Sie müssen raus hier. Er greift zur Klinke der Terrassentür, da reißt Nathalie ihn am Arm zurück.

»Nicht… siehst du nicht?« Sie spricht völlig akzentfrei. Leo weiß erst nicht, was sie meint, dann bemerkt er das Kabel, das zu dem metallenen Türgriff führt. Ein blanker Kontakt windet sich um die Basis des Griffs. Leo verfolgt, wohin der Leiter führt. Er verschwindet am Boden hinter einem kleinen Bücherregal. Leo weiß, dass dort eine Steckdose liegt. An Weihnachten schließen sie daran immer die Baumbeleuchtung an.

»Danke«, sagt er. Dann zieht er vorsichtig an dem Kabel. Es ist mehrfach um den Griff gewunden und lässt sich nicht lösen.

»Siehst du irgendwo eine Schere?«

Nathalie schüttelt den Kopf.

»Egal, wir haben keine Zeit«, sagt Leo. Er greift das untere Ende seines T-Shirts und benutzt es wie einen Handschuh. Er hofft, dass der Stoff dick genug ist, dass ihm die 230 Volt nichts anhaben können. Dann stellt er sich dicht vor die Tür und greift mit der geschützten Hand nach der Klinke. Nichts passiert. Das Kribbeln, das er zu spüren meint, bildet er sich bestimmt nur ein. Er drückt die Klinke nach unten und zieht die Tür auf. Die frische Luft, die von draußen kommt, riecht nach warmen Regen, obwohl kaum eine Wolke am Himmel steht.

»Vorsicht«, sagt er zu Nathalie und deutet auf die metallene Klinke an der Außenseite der Tür. Dann tritt er über die Schwelle nach draußen.

Der Fliesenboden der Terrasse fühlt sich warm an. Bis eben muss die Sonne ihn noch beschienen haben, doch jetzt liegt er im Schatten des Apfelbaums, der vor dem Haus steht. Leo überlegt. Barfuß kommen sie nicht weit. Aber sie müssen auch gar nicht bis zur Polizeistation in der Stadt. Es reicht, bei einem der Nachbarn zu klingeln und von dort aus die Polizei anzurufen. Er ärgert sich, dass er sein Handy nicht mitgenommen hat. Hätte er doch nur auf seine Mutter gehört.

Dieses Wort mit M. Eine gefährliche Grenze. Er merkt gerade noch, dass seine Gedanken auf einen Abgrund zurennen. Er muss sie bremsen. Da ist eine Reißzwecke in seiner Ferse. Er lässt den Schmerz anbranden und freut sich darüber. Das stechende Gefühl schützt ihn davor, was später kommen muss. Er sollte Nathalie daran hindern, die Reißzwecke zu entfernen.

»Was macht ihr denn da?« Eine Stimme hinter ihnen. Sie gehört Marten, der gerade die Tür zwischen Flur und Wohnzimmer geöffnet hat.

»Lass uns abhauen.« Nathalie zerrt voller Panik an seiner Hand. Leo zieht als erstes die Terrassentür am Holzrahmen zu, so weit es möglich ist. Ihm ist klar, dass die Glastür keinen Mörder aufhält. Er will so viel Raum wie möglich zwischen Nathalie, sich und diesen Menschen da bringen. Er will rennen. Er fühlt sich betrogen – um sein Leben, um die Langeweile in der Schule, um die nervigen Ermahnungen seiner Mutter. Er ist bestohlen worden um Martha, die sanfte Martha, die jedes Wesen auf dieser Welt so liebte und die im Gegenzug von allen gemocht wurde. Das macht ihn traurig, und es macht ihn wütend. Erst jetzt spürt er, wie groß die Wut in ihm ist. Er könnte Marten eigenhändig… doch dann reißt Nathalie erneut an seiner Hand. Er ist nicht allein. Leo ist überrascht, wie viele Gedanken in einen Zeitraum passen, der nicht länger als eine Sekunde gewesen sein kann.

Und dann kommt der entscheidende Moment. Er sieht in Martens Gesicht. Er weiß nicht, was er dort erwartet. Das gierige Glitzern des Wahnsinns, das höhnische Lächeln des Sieges gibt es sicher nur im Roman. Sollte ein Mörder nicht zumindest interessiert nach seinen Opfern sehen, gespannt auf das Ergebnis? Müssten ihn seine eigenen Taten nicht derart bewegen, dass dies seinem Gesicht anzusehen ist? Doch alles, was Leo an seinem Stiefvater erkennt, die aufgerissenen Augen, der offene Mund, die Arme, ausgebreitet und in der Bewegung erstarrt, das alles deutet nur auf eines hin – grenzenlose Verwunderung.

Dieser Mann weiß nicht, in was er da gerade stolpert. Er erkennt die Menschen auf der Terrasse, aber er versteht die Angst in ihren Gesichtern nicht. Er hat keine Ahnung, warum er gerade über eine Stück Angelschnur stolpert, und selbst als sich ein Küchenmesser mit Wucht in seine rechte Schulter bohrt, kann er nicht begreifen, was ihm da gerade geschieht. Marten sackt zusammen, kann sich aber gerade noch fangen. Mit der linken Hand greift er nach dem Messer in seinem Fleisch, will es herausziehen, überlegt es sich dann doch anders. Er läuft Richtung Ausgang. Das Erschrecken in seinem Gesicht mischt sich mit Schmerz.

Drei Schritte noch, Marten streckt seine Hand schon nach der Türklinke aus, da reagiert Nathalie. Sie tritt nach der Terrassentür, Leo fürchtet schon, dass das Glas bricht, doch die Tür schwingt nur nach innen, sodass Marten die Klinke verpasst. Sein Stiefvater erschrickt, vielleicht hält er den Tritt für einen Angriff. Er hat das Kabel nicht gesehen, das ihm einen

Schlag versetzt hätte. Marten stolpert über die Stufe und fällt der Länge nach auf den Steinfußboden der Terrasse.

Leo kniet sich neben ihn. Nathalie hilft, Marten auf die Seite zu drehen. Durch den Sturz hat sich das Messer noch tiefer in seine Brust gebohrt. Leo prüft, wo das Messer steckt. Es ist in den Muskel oberhalb des Brustkorbs eingedrungen, in der Nähe der Armbeuge. Das heißt, die Verletzung ist sicher nicht lebensbedrohlich, das hat Leo im Erste-Hilfe-Kurs gelernt. Er hätte mehr Blut erwartet; zwar sieht Martens schwarzes Oberhemd an der Einstichstelle feucht aus, doch man könnte auch vermuten, dass er bloß schwitzt. Leo weiß, dass sie das Messer nicht herausziehen dürfen. Sie können Marten aber auch nicht tragen. Sie können ihn hier liegen lassen und von den Nachbarn aus Polizei und Arzt rufen, oder sie können ihn mitschleifen. Er muss schnell nachdenken, und wie immer, wenn er unter Druck steht, verknoten sich seine Gedanken.

»Los, Marten«, drängt Nathalie, »steh auf, wir müssen hier weg. Irgendwo läuft hier noch ein Mörder herum.« Leo hilft Marten beim Aufstehen. Im Sitzen muss sein Stiefvater kurz die Augen schließen.

»Einen Moment«, sagt er leise. Seine Stimme klingt flach, als fehle ihr der Atem.

»So, es kann losgehen. Vorsichtig mit meinem rechten Arm.« Den Arm, an dessen Ansatz das Messer steckt, lässt Marten herunterhängen. Sie beugen sich über ihn und versuchen gerade, ihn hochzuziehen, als sich Martens Augen zu Schlitzen zusammenziehen. Er versucht offenbar, etwas im Gegenlicht zu erkennen. Leo dreht sich um und erstarrt.

»Keiner rührt sich, klar?« Den schneidenden Befehlston kennt er von Jennifer schon. Jetzt liegt dazu eine Kälte in ihrer Stimme, die er noch nie gehört hat.

»Was mache ich denn jetzt mit euch?« Ihre Worte klingen wie auswendig gelernt, wie aus einem Schundroman. Leo glaubt nicht, dass Jennifer die Frage ernst meint. Sie weiß sicher längst, was sie tun will. Nathalie scheint ähnlich zu denken, denn sie antwortet ebenfalls nicht. Nur Marten murmelt den Namen seiner Tochter, ungläubig, fragend.

»Ich wollte das doch alles nicht«, sagt sie, »aber ihr habt mich dazu gezwungen. Soll ich denn mit ansehen, wie ich nach Mama auch noch meinen Vater verliere? Bloß durch deine dumme Neugier, Leo. Eigentlich bist du schuld! Und die arme Martha musste es ausbaden, weil sie zu schwach war.« Beim Wort ›ausbaden‹ lacht Jennifer kurz auf, und es ist dieser Moment, in dem Leo wirklich Angst vor seiner Stiefschwester bekommt.

»Jennifer, bitte leg die Axt weg.«

Leo starrt auf die Holzaxt aus dem Keller, die Jennifer in der rechten Hand hält. Die Axt ist schwer, es ist anstrengend, sie so hoch erhoben zu halten. Leo hat selbst schon versucht, damit Holz zu hacken.

»Ach Papa, ich konnte dich doch nicht ins Gefängnis gehen lassen. Warum hast du mich nicht eingeweiht?« Ihre Stimme zittert. »Ich hätte schon aufgepasst, dass sich keiner einmischt in deine Arbeit. Niemand hätte je von deinem Geheimnis erfahren. Du wärst als toller Schriftsteller bekannt geworden und ich als deine Tochter. Ich bin die einzige, die dich wirklich versteht, ich weiß, dass manchmal Opfer nötig sind, damit etwas wirklich Großartiges entstehen kann.«

»Jennifer, ich verstehe nicht, was denn für Opfer?« Marten war vorher schon bleich gewesen, doch nun ist alle Farbe aus seinem Gesicht gewichen.

»Du brauchst dich nicht mehr zu verstellen, Papa! Jetzt wird alles gut. Oben in meinem Zimmer liegt ein Brief. Darin beschreibe ich, warum der Mann in der Stadt sterben musste, von dem sie nur noch den Torso gefunden haben. Wie ich Martha am Pool auf die Fliesen gestoßen und unter Wasser gedrückt habe. Was mit deiner Frau passiert ist…«

»Hör auf, Jennifer, das ist alles ein großer Irrtum. Ich habe nie…«

»Sei still. Wir müssen das jetzt zu Ende bringen. Es ist besser für dich und mich. Ich hatte gehofft, dass nach Marthas Tod wieder Ruhe einkehrt, aber ihr musstet ja unbedingt Silke da mit reinziehen. Es tut mir leid, Papa, aber du hast ja immer noch mich. Ich werde immer für dich da sein, das weißt du.«

»Jennifer, nicht, nun hör mir doch mal zu!« Marten versucht, sich hochzustemmen, doch mit seinem verletzten Arm schafft er es nicht.

»Tut mir wirklich leid, Papa, es geht nicht anders.« Eine gefährliche Pause. Leo spürt einen Luftzug. All seine Muskeln krampfen sich zusammen. Sein gebeugter Rücken schmerzt. Er will etwas tun, will sich wehren, doch er hockt da wie gelähmt. Die Zeit dehnt sich endlos. Die Vögel scheinen immer tiefer zu zwitschern, bald hört er ihre Stimmen als Bässe. Die Sekunden dehnen sich zu Minuten, da sieht er in Zeitlupe, wie sich Nathalies rechtes Bein nach hinten bewegt. Es trifft Jennifers Unterschenkel. Ein dumpfes Geräusch, die Zeit nimmt wieder Fahrt auf, Rauschen in seinen Ohren, Jennifer taumelt, ein spitzer Schrei, dann das Aufschlagen schweren Metalls auf den Steinfliesen der Terrasse. Jetzt hat es auch Marten geschafft aufzustehen, drei Schritte, dann ist er bei seiner Tochter, die mit leeren Händen dasteht, die Handflächen nach außen, und in den Himmel sieht, als klage sie Gott an, dass er zugelassen hat, was geschehen ist. Marten umarmt Jennifer trotz des Messers, das in seiner Armbeuge steckt. Er umarmt sie fest, bis sie sich wehrlos seinen Armen ergibt und seiner Wärme.

Das letzte, was Leo jemals von Jennifer hören wird, ist ihr Schluchzen. Es ist ein befreites Weinen, die Trauer eines kleinen Mädchens, das alle Verantwortung abgeben darf, die es sich aufgeladen hatte.

Epilog

Marten Z. wird sechs Monate später wegen Störung der Totenruhe nach § 168 StGB zu einer Geldstrafe verurteilt. Wegen der persönlichen Verluste, die der nicht vorbestrafte Schriftsteller im Zuge der tragischen Ereignisse in seinem Haus hinnehmen musste, sieht der Richter trotz der wiederholten Tatvorgänge von einer Gefängnisstrafe ab. Der Angestellte des Krankenhauses in der Kreisstadt, der Z. die Leichenteile überlassen hatte, wird von seinem Arbeitgeber stillschweigend entlassen. Bestechlichkeit kann ihm nicht nachgewiesen werden. Z.s Tochter J. lebt seitdem in der geschlossenen Psychiatrie. Ihre Prognose ist ungünstig. Stiefsohn L. zieht zunächst zu seinem leiblichen Vater, kann sich in dessen neuer Familie jedoch nicht einleben und nimmt bald darauf eine Berufsausbildung in einer anderen Stadt auf. Inzwischen soll er für eine zwölfmonatige Au-pair-Tätigkeit nach Paris gezogen sein.

Die hilfreichsten Kundenrezensionen
13 von 16 Kunden fanden die folgende Rezension hilfreich
5.0 von 5 Sternen
Harter Schocker, penibel recherchiert.
Von Mr.VielLeser TOP 1000 REZENSENT
Bestätigter Kauf

Ich habe den neuen Thriller des Autors in einem Zug durchgelesen. Die Geschichte besteht aus den üblichen

Thriller-Elementen, wer sich in dem Genre auskennt, wird manche Parallelen erkennen. Was das Buch aus der Masse heraushebt, ist aber die penible Recherche. Man merkt jedem Absatz wirklich an, wie gut sich der Autor auskennt mit dem, worüber er schreibt. Das geht nicht nur unter die Haut, weil man das Gefühl hat, da einem Mörder bei seiner Tätigkeit über die Schulter zu sehen, es bringt sogar noch einen Erkenntnisgewinn (wobei ich hoffe, dass ich ausgerechnet diesen Zuwachs an Wissen nie im wirklichen Leben benötigen werde). Jedenfalls: Chapeau!

11 von 15 Kunden fanden die folgende Rezension hilfreich
5.0 von 5 Sternen
Melde dich
Von Nathalie
Bestätigter Kauf

Leo, ich bin zufällig über den neuen Roman deines Stiefvaters gestolpert. Wenn du das hier liest – ich würde mich freuen, mal wieder von dir zu hören. Du weißt schon. Meine Adresse hat sich nicht geändert.

Stadtbüttel vom 31. Mai, Seite 7.
Örtlicher Autor ausgezeichnet
Von Redakteur Michael Meyr
Der Schriftsteller Marten Z., seit einigen Jahren in unserer schönen Gemeinde wohnhaft, ist mit einem renommierten Preis ausgezeichnet worden. Sein Thriller »Finish« erhielt

das von der Deutschen Vereinigung Forensischer Forscher (DVFF) ausgelobte »Goldene Skalpell«. In der Begründung des mit 5000 Euro dotierten Preises heißt es, der Roman erzähle in vorbildlicher Weise eine spannende Handlung, ohne die wissenschaftliche Genauigkeit zu vergessen. »Allzu oft missachten Autoren in ihren Büchern zugunsten einer vordergründigen Spannung die wissenschaftlichen Fakten. Ich fühle mich als Leser dann immer verschaukelt«, zitiert eine Pressemitteilung des Verlags den Vereinsvorsitzenden Prof. Siegbert Menz. Gruseliges Detail: Vor fast einem Jahr war das hiesige Heim des Schriftstellers Schauplatz zweier trauriger Verbrechen (Stadtbüttel berichtete). Mein Tipp für Sie: In der Buchhandlung Kolbe können Sie Z. diesen Mittwoch ab 18 Uhr bei einer Signierstunde erleben.

To: martenZautor@gmail.com
From: hsander@thriller20verlag.de
Date: 01. 06. 20..

Lieber Herr Z.,

ich freue mich sehr, Ihnen mitteilen zu können, dass die Vormerkerzahlen für Ihr neues Buch äußerst erfreulich sind. Das hat sicher – neben der professionellen Qualität Ihres Werks – auch mit dem Preis des DVFF zu tun, zu dem ich Ihnen herzlichst gratulieren möchte. Gleichzeitig entschuldige ich mich vielmals für die Skepsis, die ich Ihrem Manuskript noch vor einem Jahr entgegengebracht habe. Darf ich Sie fragen, ob Sie sich schon für einen Nachfolgetitel entschieden haben? In diesem Fall würde ich gern mit Ihnen die Details verhandeln. Ein Vorschuss von 20.000 Euro, der Ihnen konzentrierte Arbeit ermöglicht, sollte dabei kein Problem sein.

Herzlichst,

Ihr Helmut Sander

Cheflektor

Thriller 2.0 Verlag, München

--

Besuchen Sie uns auf der Buchmesse, Stand A2/54, Halle 4.